AQUARIUS

AQUARIUS

AQUARIUS

AQUARIUS

每個人心中都有一座島嶼，

藉文字呼息而靜謐，

Island，我們心靈的岸。

愛有點痛，有點廢

吳仁麟｜著

感謝與祝福

目錄

1 愛的辯證練習

2 這幸福終究只屬於我和妳

3 無法逆料的下一秒孤獨

4 愛人可以只當一季，只要全心全意

愛的辯證練習

尼斯的女人們和她們的人生

「說來也許你不相信，但是我的外遇真的挽救了我的婚姻和人生。」尼斯這樣對半頹廢男人說。

「怎麼說？」強忍住想大罵「胡扯！」的衝動，他好奇多於其他的想聽聽尼斯怎麼說。

他知道尼斯的，這個男人和他一樣愛自由愛生活，但是卻沒聽說他有過婚姻之外的愛情，在音樂圈頗有知名度和影響力的他一直色大膽小。

想不到在這一晚，幾杯波爾多紅酒下肚之後，尼斯竟然就這樣一五一十的把他的婚外情給說了出來。

「你知道的，我打從三年前就和老婆開始吵著要離婚，但是，我又一直捨不下我女兒。」尼斯打開手機，跳出一張小美人的照片。是個小公主模樣的女孩，國小五年級。

「她是我這輩子最愛的女人，我把她看得比自己的命還重，我可以為她犧牲一切。」尼斯說。

他怕離婚會傷女兒的心，所以儘管和老婆已經吵得水火不容，尼斯怎麼也不肯簽字離婚。

但是他的婚姻其實已經名存實亡，彼此的關係比房東和房客更不如，每天兩人總是表情冰冷的處在一個屋簷下，向來在乎愛情的尼斯覺得自己真是生不如死。

而他又不敢去搞外遇，怕萬一老婆知道了和他提分手會傷到女兒。

「於是我的人生就這樣成了一團爛泥，每天回到家對女兒強顏歡笑，和老婆相敬如冰。」尼斯回想那段日子，覺得真像地獄，家庭不幸福，工作自然沒動力，事業也每況愈下，整個人生失去了重心和意義。

他於是寄情於美食美酒，向來重視生活情趣的他吃喝得更勤更用心了，每天下班後找些好朋友喝好酒吃好料遊山玩水成了他的自我救贖，至少能少一點時間面對人間的冰冷。

但是他的人生看來還是在同樣的困局裡，他對婚姻已絕望，卻依然怕女兒受傷害，對工作失去了動力和企圖，人生就這樣不上不下的過。

「但是，有了她之後，我知道自己想要什麼樣的人生了。」尼斯說。

是個舊識的電視圈女製作人，一天晚上兩人在酒吧裡不期而遇，那天兩人都喝多了，她對他表白，說自己一直很喜歡他，喜歡他的才氣個性和想法，只不過他已婚，道德壓力讓她一直沒辦法把對他的喜歡說出口。

於是那一夜之後她和他開始交往，尼斯也開始走向完全不同的人生。

「這樣不是很辛苦嗎？她需要你的時候你會有時間陪她嗎？你又怎麼有辦法用自己有限的時間和精力把三個女人都照顧好？」半頹廢男人好奇的問。

「還不只這些，和她交往之後，我公司的業績在一年內成長了三倍，我除了照顧三個女人，還要照顧工作和我的吃喝玩樂，像我們每個星期這樣喝酒聊天對我也是大事一件。」尼斯說。

「那你時間怎麼夠用？」他更好奇了。

「不只夠用，而且我還越活越充實精采，說來也許你不相信，我連和老婆的性生活品質都提高不少，只因為想到讓她快樂我女兒就會更快樂，她們快樂我也才能讓另外一個女人快樂，我的女人們都快樂，我也才能工作和生活得快樂。」尼斯說。

「那另一個她呢？」他問起他情婦。

「她其實也沒什麼時間陪我，我們每個星期至少會約會一個晚上，談戀愛也做愛，重質不重量，愛情品質也超好，因為彼此都很珍惜在乎這段情，根本沒時間吵架。」尼斯說，他真的是越來越忙碌，但是，不管做什麼都越來越專心也越來越用心。

因為這樣，讓尼斯更努力的去捍衛自己目前這樣的好生活，把所愛的女人和事業與自己的生活都照顧得很好。

「但是你想你家裡外面的那個她能忍多久？萬一她開始吵著要你多花點時間

陪她甚至要結婚，你怎麼辦？」半頹廢男人覺得自己問話越來越像在做博士論文口試。

「她有自己的事業，是個三十五歲的大女生了，很能照顧自己的，一開始也說好，如果她想和別的男人交往，我們就分手，我不會耽誤她幸福的，她原本也有固定男朋友，但是那男人卻不能像我這樣珍惜她讓她快樂，她也許只擁有我的一部分，但是已經超過她這輩子遇過的男人所給過她的好。」尼斯也從容不迫的回答，他說，他甚至已經在心裡預演了兩人分手那一刻的心情千萬遍。

聊到這裡，半頹廢男人忽然無言了，他知道，不管如何的說法和解釋，世俗的眼光和價值觀還是會批判尼斯和他的婚外情，但是這不見容於世的愛情看來卻真的救了每個身在其中的人。

尼斯擁有了愛情，於是更珍惜婚姻和家庭，生活有了重心，工作也更有動力，但是，那看來心甘情願為愛情委屈的女子，真的像尼斯所說的樂在其中嗎？

但是，就如同尼斯所說的，兩人之間在這愛情中自由來去的默契，也許是種外人不能理解的價值結構吧，那就是成立在兩個愛人心中的真實與正義，沒有人能多說或指責的，一切都是每個人的心甘情願而存在的。

他忽然覺得錯亂，覺得這樣看來不健康的愛情好像有它的某種健康性，即使他真的不知道該說自己到底是認同還是不認同。

不過，半頹廢男人也知道，這對尼斯和他的女人們來說，一點都不重要了，在這愛情裡，他和她們都選擇了自己想要的人生。

但是，半頹廢男人怎麼也無法說服自己，一個男人如果真的愛一個女人，怎麼捨得她這樣受委屈？

失速的情慾彎道

她就這樣的被半頹廢男人一吋吋打開，每一公分的挺進，對兩人都像天堂。

她的身體像充滿了欲望的彎道，而他，則像一位賽車手奔馳其間，他的手，他的唇舌和男性，都那樣深刻的經歷她身體的每一吋美好。

他知道他在做愛，但是也一直提醒自己這並不是愛，他愛她的青春肉體，他知道兩人在三個小時前還不認識，在一波波的快感裡浮沈，他不斷這樣的提醒自己，要自己千萬別陷進去，是的，這叫做愛但這不是愛。

半頹廢男人忽然覺得悲哀，對自己目前這樣的人生境地，他知道，自己越來越不可能明白什麼叫愛情了，性對他是如此的容易，愛對他卻是如此遙不可及。

就像他知道，他可以把每一個坐進他那部F430的女人搞上床，他卻不再相信有任何女人會愛一個最純粹原本的他，他覺得自己除了錢之外一無所有，除了錢，他這樣一個人是不值得女人愛的，他粗魯好色卻不知愛為何物，他甚至也接受了這樣的人生，接受自己用金錢去交換任何的欲望。

反正，他知道，他這輩子唯一不會缺的就是錢，他太聰明了，聰明到很懂得賺錢，也聰明到了解如何花錢，就像花一千多萬買一部法拉利F430來投資他自以為是的愛情一樣，這該是他人生中最上算的一筆投資了。

他的自以為聰明也讓他喜歡去測試人性，就像他總是把車開到夜店門口去製造劇情，把車開到門口一丟就走進去，F430根據F1賽車的概念打造，和一般車輛的結構都不同，泊車小弟根本不知道該如何開這樣一部車，整個人當場傻在那裡不知道該怎麼辦，只好呆呆的站在那裡幫他顧車等著領小費。

然後，也不用很久的時間，他會在店裡挑一個看得順眼的女人帶走，因為那台F430，他把妹總是很容易得手，每一次離開夜店時，車上也自然都會多了個女人，他很清楚，男人很難抗拒法拉利，女人很難抗拒開法拉利的男人。

所以，他就是這樣的理解每一個女人了，他越來越習慣用物質去交換一場場逢場作戲的性愛，即使他知道那不是愛，但是，他以為，這些交換至少可以讓他短暫的免於寂寞，卻怎麼也想不到卻越來越寂寞，他甚至開始恨自己，也越玩越沒感覺。

想到這裡，他看著正騎在他身體上方貪婪享受此刻歡樂的她，忽然覺得悲哀，像失去了電力一樣的失去了性慾。

「怎麼了？」她感覺到他的萎縮和抽離出她身體，錯愕且空虛帶點驚慌的問。

「要聽真話嗎？我忽然不知道我們在幹什麼。」他很驚訝於有生以來第一次在做愛中對女人如此坦白。

「我們是在做愛啊，親愛的。」她像個慈祥的保姆般耐心和他對話。

「這不是做愛，我們甚至不認識，我們只是三個小時前在酒吧裡認識，對不起，我實在一點都想不出我們有任何相愛的理由。」他邊說，邊做好心理準備要面對她的翻臉。

他知道，當他說完這些話的那刻，再也找不到她不賞他兩個耳光的理由了。

但是，這就是他這一刻想講的話，他知道，如果這時候不把這話說出來，他會非常恨自己的，所以，明知會傷她，他還是說了。

她看著他，從看變成了凝視，忽然也沒了話，於是兩人就這樣失語了好幾秒。

「不管你信不信，親愛的，也許我不認識你，但是我愛你。」她這樣對他說，表情認真得讓他有些意外。

這是什麼？公益廣告嗎？我不認識你但是我愛你？他忽然覺得自己此刻的人生荒謬得可笑，一個不認識的女人和他做了愛，然後就這樣說愛他。

「也許，你覺得我和那些被你睡過的女人一樣，是看上你的法拉利。」她說。

「本來，我也和你一樣，以為我們沒有愛情的，我們只是性荷爾蒙作祟，在這個寂寞的夜晚，我的雌性荷爾蒙想找個男人來征服我的身體，而你，也只想找個女人來征服，這征服與被征服，都只是我們荷爾蒙的需要，和愛情一點都無關。」她不知道什麼時候把菸點著了，邊吐著煙邊這樣對他說，坦白大方得讓他吃驚。

他不知該回答些什麼，等於默認自己就是像她所說的那樣子，他覺得自己忽然開始有點喜歡她的聰明和坦白。

「我當然看到你的法拉利，但是，你要相信，女人的陰道是誠實的，不會為不愛的男人而打開，是的，就像我的陰道不會為法拉利打開一樣，如果我不喜歡你，我現在也不會在這裡，而且，在我們做愛的這一刻，我發現，我好愛你，即使我不認識你。」她忽然極其溫柔的餵了他一口菸，深情耐心的吻著他。

而他，原本垂死的男性就這樣戲劇化的活了過來，他發現，原來，愛情真的是最好的春藥。

他體內的慾望竟然又這樣被點燃了，感覺到愛情的引擎正在他下半身怒吼著，就像一部馬力全開準備駛入情慾賽道的F430，又情不自禁的進入了她，在她完全的默許之下。

是啊，他又找不到不愛她的理由了，如果此刻的她渴望的是被征服，至少，他很確信，此刻在她身體裡的，是他的愛情和他的心，而不是他的F430。

到底是想怎樣？

「我是在分手七年之後才開始討厭他的。」那女人說。

半頹廢男人有點懂她的意思，這是愛情和時間最神奇不可解的地方吧，一個曾經深愛的人竟然會變得讓她避之唯恐不及。

他是她的初戀，也是生命中愛得最深的男人。

「不過那個他已經死了，現在的他對我來說就像路上的一坨大便，只想離得遠遠的，想到都覺得臭。」她說，即使到現在，用一切世俗條件來看，他仍然是很多女人的夢中情人，有哪個女人能抗拒這樣有錢又帥又聰明的年輕醫生？

他其實一直對她很不好，覺得她除了美麗之外一無所有，沒家世沒錢沒學歷，他說不管她再如何的愛他，「妳如果考不上研究所我們就玩完了！」她還記得七年前他這樣向她放狠話。

後來，她沒去考研究所，兩人也就這樣完了，甩了她之後的三個月，他選擇了另一個家裡開醫院的女子結婚。

之後的七年沒有接到他一通電話或一封信，她的手機號碼和電子信箱一直都沒換，她一直在等他。

「其實我一直是愛他的，我這輩子從來沒有這樣愛過一個男人，即使在他之後我愛過幾個男人，但是，我心裡很清楚，我這輩子愛過最愛的男人還是他。」她說。

和他分手之後，她經歷了幾段愛情，七年後的今天又回到了單身。

這七年來，他的影子一直在她的心裡，不分白天黑夜的浮現著，她也一直覺得自己是愛他的。

「這七年來我其實一直在等他的消息，即使是一通電話或簡訊都好，但是，一直等不到。」她說。

結果幾個禮拜前，他竟然打了通電話來，接到他電話的那一刻，她整顆心像來了一場核爆，炸得她邊聽他講話邊哭。

她一句話都說不出來，靜靜的流淚，聽著他像個陌生人那樣講些言不及義的問候語。

她覺得自己那在心裡被埋了七年的愛意在那　刻一點也發不出來，只能像個普通朋友那樣的和他應答著。

他也感覺到她的刻意客套和冷靜，兩人簡單聊了幾句沒營養的話之後就感覺有點聊不下去了。

「對了，妳現在有男朋友嗎？」掛上電話前，他忽然問了這樣一句。

她說沒有。

「於是那之後，他開始每天打電話給我。」回想起來，她的表情一點也不甜蜜。

一開始那幾通就是交換一些資訊，把兩人過去七年來所經歷的人生做個簡報，她告訴他經歷了哪些工作和愛情一直到現在回復單身的心情，他告訴她婚後那一段別人眼中的王子公主婚姻。

「其實我對她已經完全沒有感覺了，我和她的婚姻只剩一張皮了。」聽到他這樣說，她知道他很明顯的想要回頭來再愛她。

「我們見個面好不好？」他馬上接著說了這句她意料中的話。

於是她又開始了日夜的煎熬，一直不知道該不該答應見他這事。

那之後他還是每天打電話，她的心也就像風中落葉那樣的開始飄了起來，他其實也感受到了，兩人的感情就這樣在電話裡好像又回到七年前分手之前那樣，她知道，自己的心就又要這樣再淪陷在他手裡了。

「所以，妳和他就這樣又再續前緣了？」半頹廢男人想，這該是個典型舊愛回頭的感人故事。

她搖搖頭。

「我很理性的跟他說，我現在單身，我需要愛，但是我不能再愛他了，因為我更要愛我自己，如果他真的愛我，就該讓我愛我自己。」她說。

結果他電話打得更勤了，愛意更是在話語裡表露無遺，熱情肉麻更勝於當年。

「說來也許你不相信，其實我自己都覺得驚訝，在聽到他這些甜言蜜語時，我忽然覺得自己非常非常的嫌惡起這個男人，一點都沒有舊愛回頭的喜悅，因為我完全確定他根本不懂我也不愛我，他還是那個自私自利的男人，一點都不值得我愛了。」她說。

「後來妳怎麼回應他？」半頹廢男人好奇的問。

她說，其實也不難，她只說了一句話之後就讓他不敢再打電話來煩了。那個週末夜晚，她騎著腳踏車沿著淡水河邊吹涼風，他電話又打來了，幾句五四三之後還是想見她。

她有點火了，覺得他這樣壞了她的週末夜晚和一個人的悠閒心情。

「X你X，你到底是想怎樣？有事去跟你老婆商量啦，幹！」她狠狠的掛了他電話。

從此，這個她生命中最愛的男人就沒再打電話來煩她了。

愛的辯證練習

「你知道嗎？像我們這種很喜歡去思考愛情到底是什麼的人，會老是被當成怪人的。」她忽然這樣對半頹廢男人說。

他知道她的意思，非常知道，對她和他來說，愛情越想越不只是愛情。

他越來越不想向人談他對於愛情的想法，因為自己對愛情越想越有想法，也越清楚自己那些曾經自以為是的愛情是怎麼一回事，那些思索就一直在他心裡，除非遇到對的人，要不然是說不出來的。

他老是在問自己，愛情到底是什麼？越問答案愈多，也越看越不清楚，而這種不清楚，可能才是一種清楚吧。

就像他每一次在思考過後都會發現，過去對於愛情的理解原來只是一種曾經的誤解，就像他越來越懷疑愛情只是靈魂和肉體的不斷飢渴和滿足過程一樣，他把那些情愛記憶的皺摺用力拉開來，看到更多當時自己的真心，但是那在當時都是無法感受且無法理解的。

「我本來也以為自己愛過的那些是愛情，後來，越來越覺得不是了，那些愛情只是我對於別人給我的愛情的一種選擇和回應，但是這一刻回想起來，那又不像是我認為的愛情。」女人又這樣跟他說，像是此刻讀到了他的心。

她的愛情往往是一連串理性與感性選擇的結果，看來正確得無懈可擊，每一個男人都滿足過她對愛情的某些想像和需求，在被追求和接納的過程中，她確認過自己的感覺，於是跳進了這一段段愛情，最後也都跳了出來，有時傷痕累累有時全身而退。

對半頹廢男人來說，在此刻的人生去思考批判論證愛情是件渴望卻殘忍自虐的事，他知道這地球上大部分的人類都把愛情看成什麼樣的消費品，如果他把談論愛情的議題拉到在消費人的靈魂肉體方向之外，那真的會被當成外星人般的對話和語言吧。

即使他知道，愛情在這時候對他來說已經是一種協助他經歷和理解人生的方式，一種永生的課題和難題。

這一刻，他和這個彼此完全沒有愛情可言的女人，卻如此深刻而準確的談著愛情，他和她的語言和想法像是兩群密碼符號的交換，他們看來在談愛情，但是卻不只在談愛情，而是一些用任何訊息來溝通都無法理解的抽象思索。

他像解開密碼般把人生中的情愛回憶一一用逆向工程拆解，他開始很清楚的感受到愛情是自己人生中最私密的價值系統的陰暗角落，這些看不清楚的最深處裡其實就反映出他身為一個人的最終價值認同，只是很要命的，他一直忽略這事，不知道這才是檢視自己身為一個人的存活方式的最結構底層。

「如果你要知道自己是誰，就去回想自己曾經怎麼愛。」他忽然想到什麼，這樣跟她說。

她微笑點頭，他想，她懂他在說什麼。

不過即使不懂，也不重要了，就像很多愛情的開始與結束，永遠沒有人能搞清楚那到底是種誤解還是理解，而且，隨著時光流逝，這答案，也始終動態變化著。

他和她就這樣的進行著對愛情的辯證練習，他們談著愛情，越談越深，卻越發現彼此不可能有愛情。

愛情，晴空亂流

「什麼是晴空亂流？」看到電視新聞裡播著那架飛機遇到晴空亂流的消息，正在和她喝咖啡的半頹廢男人問她。

「就是遇到了只能認了的意外。」她說，她其實不太懂這事，不過聽過一些機師學長談過這件事，晴空亂流無法預測，不過發生的機率並不高，一遇到都很危險。

她是機師，第一次見面的時候，他還誤以為她是空姐，因為實在長得太美，但是又美得不可思議的知識豐富，是那種知性型的美女。

聊了幾句後，他幾乎確定她不是空姐，因為空姐不可能有那麼豐富的航空知識，他於是懷疑她這些飛安知識是和他一樣從Discovery偷看來的。

「我收藏了一千多架飛機模型，超愛飛機的。」她提到了心愛的收藏，笑得像個小女孩。

「所以，妳不是空服員？」他試著問。

「我開飛機。」她笑得更得意了。

他也笑了，慶幸自己沒有說話太唐突搞了一場飛機。

那之後，兩人偶爾會約出來喝個下午茶，像今天這樣。

「為什麼晴空亂流那麼可怕？」求知欲向來和性慾一樣強的半頹廢男人不死心的問。

「因為它是目前為止人類科技最難預料和控制的飛安變數之一啊！」她耐心的跟他說，以目前航太科技的進步，飛航過程中的程序和天氣都可以由最先進的雷達和電腦系統來掌握，讓飛機選擇最安全的路線和高度來飛行，就這個晴空亂流最難避免跟預防，想躲也不一定躲得掉，更常常連躲都來不及躲。

「晴空亂流是雷達完全讀不到的，所以不管電腦或人腦再聰明也躲不過，遇到也只能認了。」她說。

「就像……沒有人能控制和預測愛情，你說對吧？」她又意在言外調皮的反問他，一雙大眼直盯著他看。

半頹廢男人只能故作優雅的笨笨的笑，不知該怎麼回她這句充滿暗示的話語。

是啊，只能說，愛情真的是人生航程中的晴空亂流，他心裡這樣暗自想著，一直沒有敢把話說出口。

只要愛情不要臉

因為很清楚自己是個只要愛情不要臉的人，半頹廢男人總是刻意對愛情敬而遠之。

他一天到晚和人討論愛情，說這裡面的天堂和地獄，卻總是非常小心的不讓自己掉入這樣的輪迴裡。

「太可怕了，愛情總讓人失去驕傲和優雅，對我來說那比命還重要。」酒吧裡，半頹廢男人對那女人說。

「你這說法有點難懂，先說愛情比臉皮重要，又說臉皮比命重要，那愛情對你來說不是比命更重要了？」女人問他。

「對啊，完全正確，我這個人，為了愛情連命都可以不要了的。」他認真的這樣說。

「那你應該很在乎愛情才對。」女人說。

「我是啊，我可以為我愛的女人犧牲生命。」他忽然感覺到強烈的罪惡感，因為想到了寫「與妻訣別書」的林覺民。

林覺民為國家犧牲愛情，他卻只是想到為愛情犧牲自己。

「那你愛我好不好？」女人話鋒一轉，半開玩笑的這樣說，表情看不出有幾分認真。

「那不行。」他也馬上回答得很乾脆。

「為什麼？」女人不解的問。

「因為我是個貪生怕死的人，不能談戀愛的。」他笑著說。

「戀愛和貪生怕死有什麼關係？」女人被他的話搞得有點亂。

「妳看，我這人最愛面子，把面子看得比命還重，我又只要愛情不要臉，不要臉不就等於不要命了？那我還想要命，所以就不能談愛情了。」半頹廢男人覺得自己講得很順，他知道自己在玩一種詭異的命題和賽局理論。

「你……你這宇宙超無敵的油嘴滑舌！」女人覺得自己問不下去了，好氣又好笑的說。

不可逆的十分鐘幸福

「這冰淇淋，化了就化了，再放回去怎麼用力冰也救不回來的。」她這樣對半頹廢男人說，他忽然覺得她是在說兩人之間那已經逝去很久的愛情。

那天，她突然打了電話給他，半頹廢男人才想起彼此已經好幾年沒有聯絡了，她說，最近自己創業，在天母美國學校附近開了一家手工冰淇淋店。

記憶中的她，一直很喜歡吃冰淇淋的，而且是極喜歡的那種喜歡，至少，活到這把年紀，他還沒看過一個比她更能享受冰淇淋的人，她把每一口冰淇淋都當成人間至高無上的美味，很小心認真的吃，然後，用眼神和聲音發出最深刻的讚嘆，這些讓他印象深刻的畫面都讓他覺得，她根本不是在吃冰淇淋，她根本是在膜拜冰淇淋。

和她相愛的那幾年，兩人一見面一定會找一家冰淇淋店去吃，他和她幾乎吃遍了台北每一家知名的冰淇淋店，吃到後來，她成了一個冰淇淋通，連出國讀書，都特別去冰淇淋店打工、修一些和冰淇淋相關的食品課程。

不過，也就是從她出國之後，兩人就這樣自然分手了，那陣子他忙著工作，也就這樣自然度過失戀的地獄期。

現在，幾年沒有消息之後，想不到她真的開了家冰淇淋店，他告訴自己應該不意外的。

和她吃過那麼多年的冰淇淋，他多少也知道冰淇淋是怎麼一回事，不就是一堆糖和脂肪加空氣和人工調味料，這種看來浪漫的食物，成分其實一點也不浪漫。

不過，因為她愛吃，他也完全不在乎這些，他百分之百的確定，自己之所以愛吃冰淇淋，主要的原因還是因為愛她。

「我其實已經不愛你很久了。」他依約到她店裡，吃著她親手做的冰淇淋，忽然聽她這樣說。

他看了她一眼，笑得有點錯愕，也笑得手足無措，不知道該怎麼回她這話，都這麼多年不見了，她犯得著再重提這句嗎？

「但是，我總會想到我們當年那些相愛的記憶，我知道那些都過去了，但是就是在腦海中常常會想起，即使我知道我不愛你了，但是，那就是很真實的感覺，我不想騙自己，所以，今天找你來，只是想把這種感覺說出來。」她說。

他知道她在說什麼，他也是這樣，都分手這麼多年了，如果他沒接到她電話，他甚至不知道她目前在地球上的什麼地方，但是多少個午夜夢迴，他就是會想到當年那樣把她在心裡愛得好透好透的那種心情，他想，人真是奇怪的動物啊，可以忘得了愛人卻忘不了愛。

他看著她，不確定自己現在的心是怎麼一回事，他只知道，此刻自己的心很平靜，應該和她的心一樣平靜，也應該像她說那句不愛那樣的平靜。

「快吃，這冰淇淋涼了就不好吃。」她話剛一出口，自己就笑了，她覺得自己真搞笑，冰淇淋不就是要涼了才好吃嗎？

他也笑了，這算老梗，那幾年兩人去吃冰淇淋的時候他常這樣逗她開心，想不到，這麼多年之後，竟然是她把他當年逗她的話拿來逗他，他忽然覺得眼眶熱了起來。

他知道她的意思，但是不確定她說這話的用意是不是要把兩個人對話的低沈空氣加點溫度。

「我的意思是，要在冰淇淋最美好的時刻吃完它，我算過，十分鐘內吃完這一碗最剛好，吃太快會頭痛，吃太慢就都化成湯了。」她又向他這樣說。

他知道，而且化掉的冰淇淋再放回去冰也冰不回原形的，像愛情，走了就走了，再怎麼用力去搞，就是搞不回原來的樣子了。

半頹廢男人看著這個冰淇淋愛人，吃著眼前她所給他的十分鐘幸福，忽然覺得自己整顆心像被泡到檸檬汁裡那樣酸。

他於是了解，原來，這世間的冰淇淋和愛情，都只是一種不可逆的幸福。

進退不得的愛情受難者

兩年前，她向半頹廢男人提分手，他拚命求她，儘管實在想不到自己做錯了什麼。

那是兩人婚姻的第五年，他覺得一切都越來越好的時候，他剛升職加薪，兩人也正準備計畫生第一個小孩，想不到，她在一天晚餐之後向他提了離婚的事。

他覺得她在開玩笑，或者，頂多是氣頭上想不開，因為他實在想不到兩個人之間有什麼問題。

他每天都準時回家陪她吃晚餐，週末一定同進同出，兩人性生活也正在甜蜜的高峰期，他把整個家和所有的薪水存款都交給她打理，她愛花什麼幹什麼他也從來不計較，反正，他很有把握，以他的收入和她花錢的習慣，她花不完的。

這樣的夫妻關係，他實在想不到有什麼意外可以發生。

「話我已經說出口了，理由是什麼一點也不重要了，我不是說氣話，我一直心情很平靜，我就是要離婚，你答不答應我都要離。」她真的是用很理性的口氣這樣字字清楚的跟半頹廢男人說。

他只能求她，求她先不要這樣果決的結束兩人的婚姻，想到自己那狼狽的模樣，越想越覺得自己沒路用，但是，他真的就是這樣跪下來求她了，那時，他說，只要不離婚什麼都好商量。

於是只得依她要求讓她去美國讀語言學校，到美國讀書一直是她的夢，他想，讓她去美國散散心，兩、三年後回來，一切都好轉了，事情就當沒發生。

但是，她人到了美國之後又三天兩頭提著要離婚，就這樣疲勞轟炸的搞了他兩年，他覺得自己已經頂不下去了，準備成全她的心願，隔海簽字離婚，在完成最後手續前，他想，還是要跟她娘家那邊提一聲。

「你千萬不能簽，她有精神疾病，是個病人，她不知道自己在幹什麼。」她大哥竟然這樣的求他，在他聽來卻像在責怪。

之後，事情就越來越走樣得厲害了，原來的他是這婚姻裡的受害人，現在卻成了加害人，在他發現自己對她的愛已完全死亡的時候，卻無法依她所願的全身而退。

現在的情況是，她是個被非專業認定的精神病人，所以任何的事都沒她的事，如今，這婚姻如果有任何的狀況，在道義上都是他的責任。

於是，半頹廢男人就這樣陷入一個求生不得求死不能的婚姻裡，他的心理壓力也就這樣越來越大，因為他知道，搞到這一刻，他是唯一必須對這婚姻負責的人了，而他，竟然也是唯一真正的受難者。

只是，這殘酷的事實，看來沒有任何人知道。

愛情裡所有的委屈都不叫委屈

什麼叫愛情？就是原來那些不能忍受的事，忽然變得什麼都可以了。

半頹廢男人一直不知道自己有這麼大的彈性，為了愛他可以這樣受盡委屈，而這同時，他也感受到她的委屈，這愛情，就這樣活生生把兩人原來的自己扭曲。

他回想這愛情的曾經，好像一切都是不可控制的，儘管彼此再理智小心，甚至在開始談戀愛時都約法三章，彼此都發誓要給對方最大的自由，都說好了要做原來的自己，但是，到後來事實顯然都不是那樣，當這愛情越走越深，他和她也都無法像一開始那樣的瀟灑了。

本來，他和她都以為，彼此都是很忙的那種人，這愛情應該怎麼也浪漫不起來的。

她把飛機當公車，三天兩頭要飛出台灣談業務，他把高鐵當捷運，南來北往的在補習班教課，這樣的生活型態，讓彼此對於控制這感情熱度產生了一種錯誤的自信，因為一直都認為自己是事業心很重的那種人，再加上彼此都經歷過婚姻，這戀愛再怎麼談，也不是新手了，兩人都覺得，自己應該不會陷得太深。

但是，事實卻不是這樣，她發現自己越來越愛他，開始自動減低出國的頻率，儘管她知道大老闆會不高興，但是以她多年來的戰功彪炳，她知道她該有這一段人生假期，於是，見他與和他在一起變成她生活中最重要的事，她喜歡陪他搭高鐵，他上課的時候她就看電影或喝咖啡，等他下課再一起享受戀愛生活，有時在台北有時在高雄。

而半頹廢男人，也因為這樣迷戀上了有她陪伴的日子，自動把上課的堂數減到最少，專心享受兩人生活，那幸福就這樣沒完沒了的在他和她的心裡和身體之間迴盪強化著。

那天，兩人到北投洗完溫泉做完愛，半頹廢男人忽然沒了睡意，一個人坐在旅館的單人小沙發上看電視，而氣力放盡的她則像隻小貓甜睡在電視旁的那張大床上。

他其實完全不知道電視在演些什麼，只想著這愛情到底是怎麼一回事，竟然把兩個人原來最在乎的事變得不在乎了，對他和她來說，這世界好像只有愛情了。

就像他和她這樣兩個從來不懂得什麼叫委屈的人，在愛上彼此之後竟然心甘情願的去做另一個原來不認識的自己那樣。

半頹廢男人這才知道，原來，在愛情裡所有的委屈都不叫委屈。

愛情，一期一會

每次從天空回到地面，半頹廢男人的空姐愛人總會對他愛得特別瘋狂。特別是每次飛完長程航線，她的愛情總像水像火像蜜那樣，恨不得把他淹死燒死甜死似的，而他，在歷經對她那樣如同處於地獄般的相思之後，再感覺到她濃烈愛情的滋味就像天堂。

她總是把濃濃的愛化成文字聲音與性愛，毫無保留的向他傾注，好像如果在這一秒沒有把這些愛完全倒給他下一秒就沒機會似的，在那些她不在天空的日子裡，愛他就是她唯一的全職工作。

她總是會像個盡責的愛情小祕書，安排好每一天兩人的愛情行程，對於她來說，在陸地的日子就是最美好的人生假期，更何況兩人都處於衣食無虞的豐裕人生階段，他和她有比一般人更充足的時間、金錢和心情來享受愛情。

於是，她和他吃遍了台灣各地的美食，不管是大餐或小吃，住遍了台灣最高檔的旅店，不管是Hotel或是Motel，他和她，總是不斷的吃喝玩樂和做愛，好像愛情才是人生中唯一要緊的事，一起盡情享受她在陸地時的每一秒，不斷的品味彼此心靈與肉體的美好。

照理說，他應該對這樣美得不知該說些什麼的愛情不安的，以他龜毛多慮的個性來說，他是要極度害怕下一秒就會失去這愛情的，但是，他卻總覺得，這愛情怎麼總是消耗不完的感覺，這愛情的背後好像多了一些什麼樣不斷生長強化的力量。

後來才知道，原來，他和她一直是活在失去這愛情的心理準備裡。

「每一次從國外飛回來，我都覺得好愛你。」她總是這樣對他說。

他知道為什麼，一直知道，當每一次兩人在她下飛機後第一次做愛就知道。

「在天空待久了會讓人性慾高張嗎？」每一次兩人總是愛得翻天覆地又腰痠

背痛，他其實一直很享受於她這樣的熱情，只是仍然忍不住好奇的問她。

「不知道耶，我過去談戀愛都不會這樣，但是……」她抽著古巴小雪茄，裸著維納斯般的乳房，趴在他胸前這樣對他說，邊把抽過一口的小雪茄餵到他嘴邊。

半頹廢男人呼吸著她呼吸過的愛情芬芳，不急著問她有什麼但是，他知道，她會說。

「但是和你在一起之後，我忽然有種感覺，覺得自己每一次下飛機之後，都好像是一段新人生的開始，而過去的那些人生就好像都死了。」她說。

「所以，每一次的我都是不同的我？」半頹廢男人順著她的話反問。

她點點頭。

「真奇怪，我在天空飛了五年了，從來沒這種感覺，後來愛上你了，就突然很自然的會這樣想人生，不知道為什麼，也許就像人家說的，一旦兩個人相愛，想法就會越來越像吧！」她故意頑皮的噴了一口雲到他眼前說，那愛情的微風拂過他的臉，讓他更醉了。

半頹廢男人只看著她笑著，不再說些什麼。

他知道，應該是他和她提過日本茶僧千利休的那句「一期一會」吧，對她這樣必須在天空中討生活的人來說，這句話其實就是最深刻真實的人生，也是她和他的愛情隱喻。

每次上飛機之前，她總是會給他簡訊，告訴他她有多愛他。

他也知道，每一次收到她的簡訊，都有可能是她最後一次傳給他的簡訊，只是，兩人都故意不提這件事。

一旦她飛到空中，過去的人生種種都有可能在每個下一秒結束，以某種定義來說，她的人生在她每一次飛到天空的那一刻其實都自動歸零了。

也因為這樣，每次平安落地之後，她可以想像自己這樣一個倖存者所擁有的是一個已經被歸零過的全新人生，而每一次再見到的他，其實都是出現在她新人生裡的他。

就如同當年千利休會寫出「一期一會」這樣的文字，他是看清了這人世的某種必然和本質吧，世間的種種無常其實才是正常，今天每個人與人之間的一面之緣可能永生不會再有，如果見上一面的緣分這麼的不容易，那一段愛情的緣分該是深刻到如何的一個境地呢？

他知道，這是一期一會的愛情，她和他，每一次的相聚歡愛，都是兩人全新愛情的開始，對彼此來說，都是不斷曾經死去又再相逢的一期一會愛人。

微風愛人

半頹廢男人其實一直都知道，在愛情裡，真的值得害怕的不是颱風。而是微風。

像颱風的愛情，來得急去得快，就像喝生啤酒，直接又淋漓暢快，容易高潮也容易退潮。

之後，回頭再來想這樣的愛情，竟然不痛不癢，沒有苦，但是卻也完全不會讓他懷念，過了一段時間再回想，甚至會對這曾經的愛情失去記憶，很多男人對這樣的愛情求之不得，他卻是敬謝不敏。

他知道，並不是他不渴望愛情，他不是聖人也不是性無能，也不是因為他是個還滿能夠克制自己性慾的男人，他也不是那種以做愛為前提去戀愛的男人，而是他知道自己越來越不能那樣狂風暴雨似的去愛一個女人，他的龜毛讓他越來越了解自己要走入一段愛情有多難。

他從來沒有，也不渴望一夜情，更不覺得那種快速來去的「可拋式愛情」是他要的，所以那種熱情又主動的女人都不會讓他動心，他也總是體貼的想，那些只渴望享受露水之歡的女人，其實不需要他這樣對愛情認真小心的人，這些女人應該超怕他這樣看來很難甩的男人吧。

所以，半頹廢男人內心裡，慢慢就有了一座「愛情防颱中心」，幫助他預測愛情颱風和做好防颱準備，在每一場愛情颱風來臨的前夕，他總能優雅自在又不傷人的在愛情降臨前全身而退，他越來越不會走進愛情了，特別是那種狂風暴雨似的愛情。

他怕的反而是那種感覺不到的愛情，像味道細緻複雜的勃艮地優質紅酒，那種愛情就像某種具有超能潛伏力的病毒，在他不知不覺的每一秒滲進他的心裡，這些騙過他精神和肉體知覺的病毒像極為低調的恐怖分子，在他心裡最脆弱的愛情角落祕密佈局，等到他意識到那是愛情時已回頭太難。

這種愛情像微風，來的時候感覺不強烈，慢慢的在習慣之後成為他生活裡的一部分，失去的時候卻總讓他痛不欲生。

更要命的是，這樣微風般的愛情的來與去總讓他措手不及，他無法防備更沒辦法在這樣的感情中全身而退，因為颱風般的愛情他可以閃躲，而微風般的愛情則會成為生命中一種不知不覺的依賴。

但是，半頹廢男人也很了解每一段愛情都有它的保鮮期，等這期限過了，再美好的愛情都會變得殘忍苦澀，想到這樣對彼此的苦，他也愛不下去了，這是他心中始終相信的愛情最後本質，如果愛情的主要成分是美麗與哀愁，他永遠只看到哀愁。

所以，半頹廢男人於是知道，自己對愛情免疫了，不管她是颱風愛人或是微風愛人。

儘管，他一直知道自己是個神風特攻隊式的愛人。

用心良苦

半頹廢男人喜歡逗她玩文字遊戲，她喜歡逗半頹廢男人玩裝笨的遊戲。

「考妳一題，哪首歌裡有唱到『小楊桃』？」他問她。

她一時答不出來。

「答案是張宇的〈用心良苦〉。」他說。

「為什麼？」她問。

「沒聽過嗎？那一句，你說你『小楊桃』（想要逃）……」他得意的拷貝著這來自網路的冷笑話。

「再一題，小楊桃猜一個童話故事。」他看來不想饒她，又問了她這一題。

「猜不出來耶！」她開始覺得自己在伶牙俐齒的他面前像智障。

「答案是『狼來了』。」他邊說著邊想著下一道題考她。

「為什麼？」她又好奇了。

「因為，狼來了，小羊就要逃啊，哈哈哈！」他竟然為自己又拷貝了一個網路的冷笑話感到更得意了。

她只能跟著乾乾的笑，不知再說些什麼，只好苦苦哀求這男人不要再玩下去了。

「再來一題。」半頹廢男人看來完全沒有停手的意思。

「可不可以不要玩了，好無聊，我頭好痛。」她哀求他。

「再一題就好，妳一定猜得出來。」他還是不想放過她。

「羊來了，猜一種水果。」他不等她說好或不好，又出題了。

「是什麼？」這一刻，她真的覺得自己像個白痴。

「草莓啊，羊來了就會把草吃光，當然是『草沒』啊！」他忍不住咯咯笑了。

她也只能跟著他咯咯的笑，只為滿足這個男人的成就感。

儘管她明明知道他這些冷笑話都是從網路上抄來的。

她其實並不覺得這些冷笑話有什麼好笑，特別是被他這樣接二連三的欺侮之後，她知道，她該生氣的，至少，狠狠的罵他一頓，不應該用這些三流的冷笑話來踐踏她的自尊。

不過，她還是忍了下來。

因為她很清楚，他是個極需要成就感的男人，他喜歡玩這些無聊的小聰明，只為了想看到她讚嘆崇拜的眼光，她知道，當她裝出這種崇拜的眼光時，這男人會更愛她，而她，也樂於裝笨去換取他的愛。

她知道，只要這樣裝笨，可以給他自尊和成就感，也可以得到他的愛，這交易，太划算了。

老實說，她根本不覺得這男人有多聰明，也知道他那些冷笑話沒有一個是自己發明的，但是，她不介意。

因為，她愛他，她就是要這樣的寵他慣他。

她覺得自己真的是用心良苦。

一江春水成冰河

那一次，半頹廢男人遇到了有生以來最大的性愛挫折，把他情慾的滔滔江水在瞬間化成了冰河。

是個工作上認識的女人，那次為了爭取個大客戶，在朋友的介紹下，認識了專業是電腦繪圖的她，一開始，他對這個在業界從沒有聽說過的名字超沒信心的。

想不到兩人一開始合作就做出了好成績，彼此的默契好到讓他心動又吃驚。只要他點子一ＯＫ，她馬上就能抓到他要的感覺把電腦圖精準的畫出來，而且往往做得超乎他預期的精采，在業界，他是出了名的難溝通，每個合作過的人都常常要被他磨到脫掉幾層皮之後才能上手。

但是她不同，她就好像是他腦袋和心靈的翻譯官，精準又精采的把他的創意轉化成數位影像，甚至他沒說出來的部分她都可以幫他表現出來，他確信此生還沒遇過這樣抓得住他的合作夥伴。

在歷經一次次的合作與大獲好評之後，半頹廢男人開始想像和她的關係要如何從辦公室一路發展到臥室。

他一直覺得這是非常自然的事，當男人和女人的腦袋和心都被彼此深深吸引之後，肉體和肉體之間，做什麼好像都無所謂了。

他一直很習慣和工作上合作過的女人談情說愛，也早就花名在外，同行對他的處處留情早就見怪不怪。

半頹廢男人的好色多情人盡皆知，她其實是很清楚的，也早早就告訴自己，千萬不能和那些女人一樣輕易被這登徒子登陸，她甚至想著該找個機會替那些被他玩弄的女人教訓他。

於是，他想上她，她想教訓他，一個男人和一個女人，對彼此在腦子裡都各有算計，或者，各懷鬼胎。

於是，該來的還是來了，那一次，為了趕案子，他和她在工作室裡連續加班四十八小時，終於把案子出手，他和她累到兩人雙雙躺在他臥室那張大床上想補眠，但是他和她卻越睡越清醒，兩個人只能裝睡。

他試探性的把手移到她的小臉上，輕輕撫著下巴，她閉著眼睛，沒有一點抗拒的意思，他於是知道他可以在她身上得到更多的許可。

就這樣，他愛撫著她，褪去她所有的衣衫，搓揉親吻她身體的每一吋美好，從一張豐潤的唇吻到另一張豐潤的唇，和她身上所有的情慾入口親密廝磨，她下半身那一陣陣不能自已的多情悸動與濕潤告訴他，她體內的慾望之火已經燒掉一個女人最後的理智和矜持。

他知道，長驅直入的關鍵時刻就是現在，就像個熟練的賽車手那樣的過彎加速，不想有半秒的遲疑，眼看馬上就要進入她體內的最深處征服她，像過去征服那些女人那樣，so easy。

但是，她卻在這個要命的時刻向他喊了暫停，讓他體內海嘯般的情慾無處可去，那情慾的滔滔江水於是在瞬間化成了冰河。

她像台瞬間關機的電腦，推開他的身體與男性，回復了冷靜的眼神和語氣，魚一般的滑出他的擁抱，穿上襯衫，坐在床沿抽著涼菸，一邊把早就放在背包裡的薄荷口香糖和礦泉水丟給他，眼神若無其事。

他只能像個挫折的小男孩，一身汗水淋漓的低聲下氣的哄她求她，求她在他最需要的時候給他，天啊，他覺得自己這時根本像隻落水狗。

「降個火吧，抱歉，我沒辦法。」她這樣對他說，臉上卻沒有一點歉意，反而帶著一點調戲和得意。

是的，她太得意了，她讓這個自以為沒有女人能抗拒他的男人急得像隻發情的小公狗。

她知道，除了不想被他征服，不想成為他炮友芳名錄裡的一個無關緊要的名字，不想在滿足了他對她肉體的好奇之後就失去了彼此搞曖昧的樂趣，另外，她也擔心如果彼此成了炮友，往後在業界人家會怎麼說她，還有，兩人原來超好的合作關係還走得下去嗎？

「為什麼？為什麼妳要這樣對我，妳明明知道我有多愛妳多想要妳。」他幾乎是哭著這樣問她。

她還是沒有表情的看著他，彷彿幾秒鐘前的情慾征戰根本沒發生過。

直到那愛裡的曾經哀傷成了一種美

半頹廢男人收到她從波士頓寄來的明信片。

「Hi，我到Boston了，在這個Boss Town，我要好好讀書，準備以後當Boss，哈哈，一切都好，問候你。」曾經是愛人的她這樣在明信片裡寫著。

他記不得上次收到明信片是什麼時候了，除非是很親的朋友，沒有人知道他喜歡明信片這回事。

記得相愛的那幾年，他每到一個地方旅行，總喜歡寫明信片給她，有時候，他人甚至已經回台灣好久了，明信片才會很意外的寄到她手上，那種兩人共同的驚喜一直是他記憶中抹不去的甜蜜。

於是，寫明信片給彼此就成了兩人間最私密的小小幸福。

分手之後，他就一直再也沒有收到她的明信片，想不到，在這段愛情走了很遠之後，會收到她從千里之外寄來的明信片。

分手很久的愛人忽然給了他一張這樣的明信片，除了問候，已經讀不到更多的情感，他知道，他和她都已經忘了彼此的愛情，或者，至少他是努力把對她的愛藏在心裡最底層的永凍土裡的。

讀著她的明信片，他的心裡卻出現一種很奇怪的情緒，那不是感傷或懷念舊愛，而是一種刻意的冷靜和對這樣冷靜的好奇。

他的理智告訴他兩人的愛已成過去，所以這一刻，他感受到的是那化為友情與溫暖的一種美，是的，他清楚的記得那失去她愛情時的哀傷，那是他再也不敢去經歷的地獄心情。

但是，在重複讀了千百次她的明信片之後，他心裡的感動滋味卻是甘甜的，為什麼會這樣呢？

他對她的愛情現在到底是怎麼一回事？他是優雅淡然的把這愛情都當成了過

去（這也是為什麼他還能如此平靜讀著明信片的原因吧），還是他只是在騙自己？他根本心裡一直有她？又或者，他心中的她，角色已從愛人成了某種程度和意義上的親人？這種變化又是如何造成的？只因為時間嗎？他的冷靜心情對這段已逝去愛情的意義又是什麼？

如果把時間倒帶到分手的最當初，他知道，他如果在那時候收到這樣的明信片，一定會整個人當場崩潰，被這愛情的巨痛刺傷成如江海的淚水。

而現在，他的心不再痛了，儘管手上握著舊愛的明信片，儘管還是聽著第一千遍張宇唱的〈一個人的天荒地老〉，他不再流淚，對於這段遠去的愛情，心中充滿感謝與甘甜。

半頹廢男人於是知道，那愛情裡的哀傷已經成了一種美。

這幸福終究只屬於我和妳

桃花貴人與孤寂無間

那算命的大師看了半頹廢男人的命盤半天，一臉難以啟齒的表情。

「很抱歉，你這輩子看來是沒有姻緣的。」大師的聲音聽起來像極了電信公司的罐頭接聽語，平穩低調不帶任何感情，那聲音像是在說：「很抱歉，你所撥的電話，現在無法接通，請稍後再撥。」

但是，大師為什麼要說抱歉？他沒有姻緣又不是他的錯。

「老實說，你這種命真是世間少有，不管你再怎麼努力就是注定一生孤寂，無妻無子，抱歉，我知道這話很殘忍，但是不老實說我也良心不安。」大師說。

哦，所以你才說抱歉，因為我的命太爛，了解，是這樣的原因，原來抱歉的意思是同情，半頹廢男人想，他終於了解大師的意思了。

半頹廢男人其實也沒有很難過，聽大師這樣坦白老實的說，他反而對他的專業感到放心，大師真的說對了，活到這把年紀，他沒有一次戀愛是有結果的。

看來，他真的要做好一個人到老到死的準備了，但是，他怎麼也沒想到，接下來大師說的話更讓他震驚。

「你這一生，多桃花也多貴人，那些桃花後來都成了你的貴人，可惜的是，這些貴人沒有一個能成為你的家人。」大師又這樣說。

半頹廢男人於是忍不住流下淚來。

本來，他很想和淚水拔河的，他想，眼睛熱熱的，忍一下就好，卻怎麼也想不到，那過往的情愛記憶卻像電腦病毒一樣猛在這時攻擊他的大腦，搞得他哭得滿臉江河大海。

這下換大師被嚇到了，他趕緊把幾張面紙遞了過去給半頹廢男人，動作看來非常之熟練，想來是常有這種客戶情緒失控的場面在這裡發生。

「別難過，知道自己的命也算好事，至少面對未來可以掌些主意。」大師拍了拍他的肩膀，這樣安慰著。

他想，自己應該也沒什麼心情再聽下去了，就跟大師說了謝謝，把原來準備在西裝口袋裡的紅包給了，帶著淚痕離開。

走出大師的工作室之後，半頹廢男人在夜裡的敦化南路上走著，那紅藍的街車燈火如流星，一一從他淚痕未乾的眼流過。

他哪裡都不想去，漫無目的的亂走著，想著自己過去這幾年經歷過什麼樣的愛情與人生。

他想起那些後來都成為貴人的愛人，每一個都讓他如此的受傷，卻也都讓他的人生越來越好。

那個把他多年積蓄花個精光閃人消失的愛人，教會他從頭整理自己的財務，他想，以現在這樣的規劃，一個人到老也可以環遊世界衣食無缺的。

那個交往了兩年的鋼琴家把他變成了鋼琴通，要嫁人之前還送他一整套拉赫曼尼洛夫的完整版本ＣＤ，是她從小到大最愛的收藏，他想，即使白髮蒼蒼的年紀他仍然可以有她的音樂陪他走到人生的盡頭。

那個日文老師在分手回日本前幫他打好了日文底子，也養成了他學日文的習慣，他想，他的日文會越來越好，好到可以去日本養老。

半頹廢男人想著這些一一出現在他生命中的愛人，每個都成為過去了，但是在這一刻，那些情愛記憶卻如此鮮明，鮮明到讓他清楚的想起失去這些愛情時的傷心。

但是，當他在這一刻回顧這些讓他曾經痛不欲生的愛情時，卻猛然發現，每個曾讓他傷心的女人都是他生命中的貴人，給了他巨大的傷痛也給他人生更多的可能，多奇妙啊，這世界，為什麼老天爺總為這人世安排這樣不知如何去解釋的劇情？

半頹廢男人看著眼前的街景夜色，忽然懂了大師那些話的意思，原來，他的人生就是這樣，每個過程都是結果，每個桃花都是貴人，而孤寂無間到老到死則是他命中注定的自在。

他於是不再那樣傷心了，他讓晚風吹過眼眶裡那些半乾的淚，他感覺到臉頰像張被沾濕又風乾的紙，曾經狂風暴雨如今已雲淡風輕，也像他此刻的心。

在妳體內化為星子與銀河

她騎在半頹廢男人的身上，感覺到他航行到了她體內的最深處，那巨大的歡愉正從兩人最私密的交合點源源不斷的湧出。

當他貪心的想再探索更多更深的她，她卻機靈的在這個關鍵時刻，對他的索求展露一種最要命的欲拒還迎，扭動的身體作勢要抽離，讓他在慾望即將攻頂時無法為所欲為，那種感覺，讓他覺得自己好像一個伸手抓星星卻撲了個空摔得狗吃屎的可憐小男孩。

她感覺到他的男性，如一顆顆流星，不斷的試圖撞擊她體內最歡愉的甜蜜頂點，以那種越來越失控的興奮。

但是她總不輕易讓他達成這樣的尋歡意圖，她知道，如果她不讓他在這一刻得到滿足，他將可以在這性愛遊戲中得到更大的滿足，那也會讓她的肉體與靈魂有更多的狂喜。

在這樣的性愛進退攻防間，男人的索求和女人的閃躲構成了一道微妙的力場，如同虛與實兩道力量在男體與女體裡流轉著，當男人想讓自己的愛情一洩千里的狂奔，女人在感受他的意圖時卻調皮的急流勇退，而男人對自己的索求得到的竟是女人的撤退與閃躲時，內心裡小小的挫折與羞憤也就這樣油然而生。

那是一種雄性動物本能反射式的浮躁與失控感，如何也無法自我把持的一種失控，就如同一個人在飢餓到了極點時無法在美食面前保持尊嚴與優雅那樣。

他急著想讓自己登上歡愉的最高峰，她卻故意的想把身體抽離，越是這樣更激發起他征服她的衝動，他知道，他可以用看來最容易的蠻橫方式來處理她，像是拿起已經在床邊等待多時的紅色絲帶或皮鞭與手銬，把她雪白且飽滿豐嫩的女體綑綁成任他為所欲為的標靶。

但是那不是他會做的事，半頹廢男人也知道，她不會這樣就範在他的暴力下，她更不會愛一個這樣粗魯的他，如果失去了愛意，這場性遊戲對彼此也失去了任何意義，他知道，他只能選擇另一個方式來取悅彼此。

那就是他也學她這樣的在歡愉的最高點佯裝急流勇退，當她意識到即將失去他的時候，她就會反過頭來挑逗他，試著讓他對她的慾望一點一滴的又回升到興奮表的臨界點。

於是，他和她之間這樣的情慾攻防就在彼此赤裸的靈魂與肉體建構的力場進行著，在千萬次的進退虛實之後，兩人的汗水開始在彼此合為一體的那些親密局部匯成江河大海，再混著兩人的體液奔騰洶湧出一床的荒唐。

在這樣一進一退兩股力道的扭轉迴旋下，他和她都感覺到自己正一步步的來到體內的極限，但是卻越來越不想停止這場性愛飆車賽。

在整個人覺得油料即將耗盡的那一刻，半頹廢男人忽然覺得她的身體化成了宇宙，而他即將在她體內那黑夜裡化為一道銀河，一道為兩人帶來極大歡愉的銀河，當白色的銀河短暫的來去之後，他和她這一個晚上的愛情其實還沒告一段落。

他知道，接下來，她會再如何貪婪的要他，吻遍他全身之後，再讓他把對她的愛注入唇舌之間，然後，她會一口飲盡他的銀白色愛情，她知道，他愛極了那種感覺，她也是。

他總喜歡在這樣的片刻把這些短暫的高潮一格格的去觀看和想像，即使他的肉眼沒有一次能看到自己的愛情是如何在她體內的宇宙化成那滿天星子的。

是的，那銀河會從他的體內注入她的體內，在他和她達成釋放慾望的協定之後，他想像那些從他體內急速噴出的星子們，是如何在這愛情宇宙裡，描繪了他和她之間一閃即逝的愛情。

半頹廢男人擁著他的女人睡去了，他夢見，他的精液噴進了夜空，化為滿天的星子與銀河，而她那極度狂喜的呻吟是天籟。

愛情的死亡免責權

再聽到她的消息時，已經是她死去多年之後。

「她已經走了好幾年了，先是得了失憶症，後來是走失在街道時出了車禍被撞死的。」朋友這樣告訴半頹廢男人，他很意外他竟然不知道這事。

半頹廢男人忽然不知道該如何反應，整個人在那一刻失去了言語和表情，終究是相愛過的女人，但是，真的分開太久了，他怎麼也想不到，這麼多年後，再聽到她的消息時，竟已天人永隔。

「你知道我愛你愛到什麼程度嗎？我告訴你，如果法律允許，我可以馬上簽一張死亡同意書，讓你隨時可以拿走我的生命，不用負責任的。」他還記得她不只一次這樣對他說，她說，這是一段有「死亡免責權」的愛情，她愛他，愛到可以把命都給他。

後來，他慢慢了解，她並不只在表達她對他的愛有多深刻，另一方面，也是因為對死亡的焦慮和恐懼所產生的反作用，她常把自己的死亡掛在嘴邊，試圖用這樣的自說自話來麻痺對死的恐懼，即使她表面上再如何的瀟灑任性。

這樣一個對死亡充滿複雜情感的女人，就這樣意外的走了，半頹廢男人想起她，想起兩人昨日的愛情，忽然覺得這段記憶的愛情有太多可以再細究的情節，即使那已經完全沒有意義了。

他還記得當年，她常常在來了高潮時要求他掐著她的脖子，她說，她好愛這種感覺，覺得自己把一條命完完整整的交在她最愛的男人手中，一種完全被擁有的幸福感。

本來他只覺得好玩，也拗不過她的要求裝飾性的應付一下，但是想不到她的需求卻越來越強，強到也情不自禁的掐他的脖子。

那樣的性愛遊戲讓他覺得恐懼，卻又無比的迷戀，也不知該如何踩煞車，每次當她高潮即將來臨的那片刻，情不自禁的把虎口圈住他脖子時，半頹廢男人也更不能自已的回應她。

於是，彼此這樣一來一往的把對方的脖子掐得更用力了，一直到對方沒了呼吸，有幾次，他和她就這樣同步失去了知覺，也不知道怎麼命大的又活了過來，他只知道，自己的知覺常常在那最後的幾秒像關機的電腦畫面，所有的意識慢慢的變成一片空白，也沒有了所有的痛苦和快樂。

那是怎麼樣的一種情愛啊，愛一個人，愛到可以把自己的命交給他，又愛到想要剝奪他的生命。

回想起這段已經遠離的愛情，半頹廢男人心中沒有半點恐懼，有的只有不解與嘆息。

他還是不確定自己對於愛情的某些微妙定位和權限，就像當年他和她把彼此的生命交付在愛情的手上那樣，愛情真的可以超越人類的理性感性與道德法律嗎？愛情真的可以愛到如此的去解釋死亡嗎？愛情真的可以擁有這麼大的「免責權」嗎？

他仍然沒有任何言語和表情，只困在她死去消息的感嘆和這段不知該如何言說的情愛記憶裡，腦中充滿了問號，卻沒有答案。

這幸福終究只屬於我和妳

「再給彼此一年吧，一年後如果結不了婚，我們就分手，只當一輩子的好朋友就好。」相愛了三年後，她這樣對半頹廢男人說。

都三十三歲了，她想，總得為自己的幸福做最後一搏。

他說ＯＫ，請她再給他一年的時間，卻不知道，兩人這樣的協議其實都太小看了愛情。

一年很快就過去，她一直等著他開口求婚，他卻一直不開口，於是她只好主動提醒他，說該是兩人冷靜理性說再見的時候了。

「別走，我愛妳。」半頹廢男人這樣對她說。

於是，她心軟了，就這樣走進兩人愛情的第五年。

馬上，又一年過去，這次，換她捨不得了，於是，這樣又過了一年。

這幾年裡，她一直在猜半頹廢男人心裡到底在想些什麼。她知道他愛她，和他在一起這一段時間裡，她的靈魂和肉體都深刻歡愉的感受到他的愛，但是，她實在想不透，他既然這麼愛她為什麼不娶她？他信誓旦旦的說要給她全世界，為什麼不願意給她婚姻？

她越想越氣，覺得自己怎麼這麼可憐，可憐到必須向男人開口求婚，而且得不到她想要的回應。

她知道，對他這樣一個曾經結過兩次婚的男人來說，再結一次婚絕對不是件一回生兩回熟的事，她也知道他經歷過什麼樣的感情地獄，剛交往的時候，他也坦白跟她說這輩子不想再結第三次婚了，那時她聽這話也只是笑了笑，因為那時根本沒想過會和這男人結婚。

後來，兩人感情越談越深了，她覺得這個本來條件都不對的男人越來越是她的真命天子，於是，她把自己心目中那個Mr. Right的規格慢慢根據他的樣子作客製化的修正，也開始要他修正不想結第三次婚這句話。

所以才有了當初那段一年的「愛情協議」，現在回想起來，彼此真的都太小看愛情了，愛情怎麼能這樣說斷就斷？如果不是這樣永遠有無法預期的高高低低和拉拉扯扯，這愛情就不叫愛情了。

但是，在這兩年多拉拉扯扯的過程中，她卻越來越不清楚半頹廢男人到底在想些什麼。儘管她試著努力去把她認為他可能的顧慮一一克服和排除，甚至，她讓步到兩人結婚後可以不生小孩，放棄他婚前所擁有財產的繼承權，也願意和他父母與兩個兩任前妻生的小孩住在一起，照顧他一家老小。

但是，他告訴她，那些都不是他想要她去擔心的，他愛她，從來不想讓她難過委屈，所以，小孩和財產繼承權他都覺得是她應該要有的，至於他父母小孩，他也不想讓彼此生活在一起，這樣各自都會自在些，只是，他一直沒做好結婚的心理準備。

那半頹廢男人到底在乎些什麼？他難道不能體諒她，她只想經歷一個女人一生中最重要的幸福儀式，正正式式大大方方的結一次婚，接受這世界給她的人生祝福，她甚至不要一個鑽石香檳夏威夷的豪華婚禮，這樣的要求，她覺得一點也不過分。

一直到那一天，她看了電影版的「慾望城市(Sex and the City)」，她想，她找到半頹廢男人為什麼不結婚的答案了，是的，他就跟電影裡女主角Carrie的Mr. Big一樣，他並不懼怕再一次的婚姻，他只是害怕讓自己的婚姻再一次的面對這個世界，對他來說，婚姻只是他和她之間的事，而她，卻總想要讓自己結婚這事讓整個世界都知道。

是的，她想，她知道答案了，在看過這部電影之後，於是，她傳了簡訊給他，決定再對他做出一次重大的讓步。

「我們去公證結婚吧，宴客和婚紗照和典禮都免了，我想通了，這幸福終究是我和你兩個人的事。」他的手機裡出現了她寫給他的這段話。

於是半頹廢男人也馬上回傳了一封簡訊給她。

是那枚半年前他在東京買的求婚戒指照片。

愛情遺書

一早進辦公室，半頹廢男人就發現他祕書的臉色不太對。

「昨天健檢診所那邊送了報告過來，請您看過報告後打個電話過去。」她有點憂心的口氣和表情，這樣對他說。

半頹廢男人也馬上有點悶了，直覺告訴他，健檢這回事，沒消息就是好消息，只要有任何的回應，都是壞消息，更何況在他這樣看來像是部中古車的年紀。

他沒說什麼的走進辦公室，掛好西裝，開了電腦，喝了今天的第一口咖啡，始終不願把眼神看到辦公桌上那份健檢報告，他知道，他不能不看，但是就是不想去看。

於是，他越來越覺得那健檢報告像隻在路邊遇見的流浪狗，他不能不看牠，也不能一直看著牠，因為看不看都有可能被咬，他所能有的選擇，只是如何被咬一口，而不是在看與不看之間。

他看著落地窗外的東區早晨，陽光透過四獸山方向金金亮亮的灑進他的辦公桌面，整個世界好像剛醒來。

但是，此刻的他，卻必須面對一場怎麼也不可能讓他開心的劇情，真是可笑啊，一個男人和一份感覺會咬他的健檢報告，半頹廢男人不能自已的這樣想著。

他兩手一攤，打開信封，決定接受任何的可能與事實，不管那情況有多糟。

其實大部分的結果都還好，那些不重要的項目檢查結果都很正常，而重要的項目卻有點不正常。

「心電圖異常，三酸甘油脂指數偏高，請盡速前來約診面詢。」健檢報告的最後一行這樣寫著，像是活生生對他腦門開了一槍。

他暫時沒了主意，因為不知道自己人生的下一秒還會不會有呼吸，更不知道這一行字背後可能的真正意義，凡事老是做最壞打算的他，對自己說，大不了就是向人生買單說再見，這種事如果真的要來，躲也躲不掉，一切都是命。

他想起這幾年陸續走掉的幾位朋友，年紀都和他差不多，在這樣看來充滿無限可能的黃金中年，這些優秀的四、五年級生就這樣向人生告別，是很難讓人接受的殘酷現實，但是，它就是一直在發生，而每參加一次這些朋友的告別式，半頹廢男人也就會多一次想到自己的人生。

現在，這份健檢報告又更無情而直接的挑戰他腦海裡一直有的對生命的憂慮，而讓他更難過的，是沒有人能分享他此刻的複雜心情。

他信得過那跟了他十多年的祕書，她應該早就知道這事，而且，一定會保密，但是，他知道此刻需要的是一個能分享這種心情的人，環顧他生命中，已經沒有這樣的人。

不管是家人友人或同仁，他都不想讓他們知道這事，在搞清楚情況前，說出來只會讓這些人白操心。

當然，他更不可能和敵人說這事，他可以想見這後果會有多嚴重，這消息如果從敵人那裡傳到客戶再傳進自己公司裡，鐵定是一陣天翻地覆，即使這只是一份根本不能確定有什麼狀況的健檢結果。

真的是沒人能分享他此刻的心情了，本來，半頹廢男人是曾經有過那樣一個女人的。

那是他此生記憶最深的一段愛情，女主角已經和他分手三年，嫁到地球某個他不知的角落為人妻人母了，對於這段感情，他一直是懷念且不安的，因為總覺得自己當年在分手時沒能對她把心裡最想說的話說清楚。

三年來，他一直想寫封信好好的向她說感謝，感謝她曾經給他那樣一段美好的愛情與人生，也好好說說自己記憶中那些在她愛情裡的心情，更想讓她知道自己在失去這愛情之後經歷了什麼樣的地獄人生，以及那些對這段沒有結果的愛情的懷念與歉意。

這樣一封信，讓他想了三年。

其實他知道，他頂多只要半小時就能寫完這封信，但是，卻一直沒有辦法說服自己真的動手來寫。

因為他想不到，這樣一封信有任何能讓她人生更好的理由，分手之後，時間一秒一秒的流逝，他越來越知道，他能給她最好的分手禮物，就是徹底的放手，讓她把這愛情忘得乾乾淨淨，去擁有沒有雜質的幸福好人生。

而寫給她這樣一封信，重提往日情，只會讓她心煩意亂，那到底有何必要？於是，這樣一封信就一直在半頹廢男人腦袋裡，沒有寫過，更沒有寄出去。

但是，在這個他意識到自己人生的下一秒不知會如何的早晨，半頹廢男人忽然在一股極感性的衝動下，放下電腦裡的電子郵件和公事，沾著眼淚和對昨日愛情的感傷，寫了那封存在他腦海裡三年的愛情遺書。

「對不起，謝謝妳，我永遠愛妳。」一小時後，他在滿臉的淚水中寫下這封信的最後一行，對於那個已經走了很久很遠的愛人這樣說，也對這段沒有結果的愛情做了他最深的感謝與祝福。

他忽然覺得好累，把一顆腦袋托在桌上，兩手掩著一張淚流滿面的臉，腦子裡卻又不斷的問自己，為什麼要寫這樣一封信？

因為怕自己再也沒有機會向她說自己有多愛她，也因為在這樣對人生充滿恐懼和不安的時刻，他才知道原來她是這世界上他唯一想分享一切的人，而如今，他看來有充分的理由來寫這封信，因為，再不寫，他不知道明天還有沒有機會對她說這些。

但是，有必要嗎？如果他真的要離開這世界了，為何要那樣任性的只把想說的話這樣對她說？又何必去對她的人生產生可能的波瀾和衝擊？如果他真的愛她，是不是更該讓她徹底忘了他？

想到這裡，半頹廢男人更沒了主意，他於是醒了，他這才知道，原來自己一直是個這樣任性的愛人，用語言和行動來說自己有多愛她，事實上只是在愛自己，根本沒有幫愛人去設身處地的想。

於是，他抹了抹滿是淚痕的臉，拿起滑鼠，毫不考慮的刪去那封給愛人的遺書，儘管這封信在他腦海裡已經寫了三年。

口爆之前的內心核爆

這半年，該是半頹廢男人有生以來最悶的半年，儘管身邊的人都說他看起來越來越好了。

辛苦創辦的公司業務越來越穩，在股東們的強力要求下，他這個創業CEO回來兼任營運長的位子，意思是要開始管家了，他的工作重心也從過去的發展轉為經營，就好像一個國家走過建國年代開始要治國了。

於是他剪掉留了二十多年的馬尾，把最愛的Chrome hearts皮衣和銀飾收到箱底，西裝頭加全身亞曼尼，用他認為此生最鳥的包裝開始過新人生，每次看鏡子，他越來越不認識自己。

而股東們也忠告他，現在是經營企業的人了，不能像過去那樣任性，出門玩要一切小心，特別是女人，老婆之外的那些，能處理就趕快處理，能斷就斷，該停的就停。

他也沒意見，心裡想，反正也玩了這麼多年，文的武的，女人的靈魂和身體，他沒碰過上千也有好幾百，這時候停下來休養生息也不是壞事。

他於是就這樣走進了一個新人生，從高級波希米亞人變成了生活無趣的企業菁英，認真的經營起公司來。

公司果然慢慢上了軌道，但是他的人生卻越來越不好，他發現自己越來越不對勁，他根本對每天花掉他最多時間的那些公事完全沒興趣，他只想隨心所欲的去做，才不想去鳥什麼願景使命或長程發展。

他開始懷念公司剛創立時，那種一個人可以做任何決定的日子，也許公司每天活得風雨飄搖，但是他卻玩得很過癮，甚至，公司差點周轉不靈的那幾個月，他還帶全公司去墾丁玩，那時候的他老是說，沒錢也要活得開心。

當然，他不能沒有愛情的，他的手機裡一直有用不完的女人，每個號碼都可以讓他隨時隨地的享受愛情，只要他有需要，那些靈肉關係遠近不一的女人永遠隨傳隨到，像是全天候服務的性愛宅急便。

多美好的年代啊，那也是他人生中創造力和企圖心最旺盛的年代，有了豐沛的愛和性當原料，再加一個他愛怎麼玩就怎麼玩的公司，與一群每天吃吃喝喝打屁聊天的好兄弟，公司經營得像在開雲霄飛車，但是人生天天看來有高潮。

現在，公司經營越來越上軌道，他的人生卻活像個化糞池，靜如死水又彷彿慢慢散發出臭味，俗不可耐的中年。

他想起這半年來每天晚上準時「爸爸回家吃晚飯」，老婆和孩子們其實過得也挺悶的，這麼多年來，他幾乎沒有一天在家吃晚飯，也沒有一天在晚上三點前回到家，家裡每個人早已經習慣他不在的生活，他也樂得每個人都求得自在。

但是這半年，他卻完全變成一個準時上下班又夜晚不出門的居家男人。

有一天，老婆忍不住跟他說，他是不是最近公司經營得不順利？她不是不歡迎他，但是他忽然變成一個長時間在家的人，她和孩子的壓力都很大。

聽老婆這樣說，他更難過了，他不是難過老婆這樣說他，而是，他以為這樣讓自己壓抑過日子可以讓家人得到快樂，現在看來，這個想法大錯特錯，如果這樣讓每個人都不快樂，那他的不快樂到底是為了什麼？

公司那邊也讓他不開心，在業務越來越穩，整個企業進入上市準備期的這時候，幾個當年創業的好兄弟紛紛求去，他們告訴半頹廢男人，請他成全他們，現在這個穿著亞曼尼西裝的公司已經不是當年那個承載夢想和創意的公司，他們真的不想在這裡浪費生命，放他們走對大家都好。

於是，他活在這樣一個非常諷刺的人生裡了，當每個人都覺得他的人生開始「浪子回頭」，只有他自己知道，像他這樣的一個浪子是完全不適合回頭的，一個浪子就該過浪子的生活。

他想，因為他是匹狼，不是隻狼狗，所以，那種安居樂業和錦衣玉食的生活才會對他如此折磨，對於狼來說，不安的生活，其實是一種享受，因為這裡面充滿了無限趣味和可能。

所以他沒辦法被關在辦公室裡工作，不能沒有女人來滋潤他的人生，他知道，再這樣下去，他會活活被悶死。

他坐在辦公室裡，看著桌上全家福照片和祕書送過來的一堆無聊公文，懷念著以前那樣的人生。

「嗨，好久不見，想我嗎？我剛從紐約回台北，來口爆一下吧！」他手機裡忽然跳出一通這樣的簡訊。

那一刻，半頹廢男人忽然感覺到身體裡那座火山爆發了，是的，現在，他只想離開這樣的人生，奔到那家五星級飯店的套房裡去，去找那個傳簡訊的女人，讓他那屬於浪子的心靈和肉體回歸慾望的原鄉，他知道，那是他現在最需要的。

於是，在一場口爆之前，半頹廢男人的心裡就這樣活生生的來過一場核子試爆。

走入暗黑愛情的關鍵字

金山的溫泉旅館裡，半頹廢男人和她洗完了溫泉，兩個人的情慾看來已經快越過了理智的洪水線。

此刻的他和她像站在天堂和地獄的入口，但是看來已無法回頭，等在前面的，可能是慾的天堂，也可能是愛的地獄。

儘管從來沒有過肉體關係，兩個人在赤身露體裸裎相見時，仍然努力克制去碰觸彼此，而他的男性則無法自已的昂揚抖動著，像隻急於射向她女體深處的情慾之箭，而她胸前那浮現挺立的兩點歡愉粉紅，也不斷釋出渴望索求的悸動。

他忍不住伸手撫著她如羊脂般的女體，她開始著魔似的扭動呻吟著，在那片刻，她忽然像醒來似的握住他的手。

「你老婆怎麼辦？」她語氣不甚堅定又不安的這樣質問他，整個人還陷在他如岩石的胸肌裡。

「我想外遇。」半頹廢男人這樣對著已經脫光衣服的她說。

於是她深情溫柔的吻了他，讓他進入了她的身體，以彼此有生以來最大的歡愉。

他和她，就這樣把滿滿的慾望傾注在交歡的每一秒，如果可以，他真希望這每一秒都不要過去，這每一秒都是如此的美好而銷魂，啊，這錯誤，錯得多美麗。

他看著身體底下的她，眼神不知去了何方了，整個人的身體和臉上，寫滿了被性愛快感淹沒的無力，這時候她好像失去了一切，只有抱緊眼前這個和她第一次做愛的男人。

他回想起五個鐘頭前兩人在MSN上的那段對話，他想著，如果沒有那段關鍵對話，他和她不會在這裡經歷這樣的劇情的。

「你已經結婚了？」她冷不防丟了水球過來，他正忙著讀一些明天那場重要會議的簡報資料，被她這一著嚇了一跳。

他只能老實回答她，是的，他結婚了。

認識三個月了，他一直不覺得兩人之間有什麼，彼此除了在品酒班裡一個星期一次的見面，最多就是寫寫E-mail或MSN，她越來越喜歡和他聊天，但是就是用文字聊，不刻意見面也不打電話，彼此都把心裡那些男女之間的感覺藏得很好。

他其實慢慢的在文字之間感受到她一些情愫，卻又怕是自己自作多情，所以一直沒開口說自己結婚這事，他想，兩人目前的關係應該還不必去談這事吧，而她也一直沒問，自己如果搶著說又好像把這段關係看得太如何了。

直到這一天，不知誰告訴她這事，她突然劈頭在MSN上這樣問半頹廢男人。

「是啊，我結婚了，怎麼了？妳要包紅包嗎？哈哈，對不起，下次請早，我十年前就結婚了。」他仍然像往常那樣嬉皮笑臉的對她說，不管什麼樣的場合，他總是喜歡這樣故作優雅。

「我心都碎了，你知道嗎？我一直很喜歡你，我這一輩子從來沒有這樣喜歡過一個人，對不起，我不想忍了，對不起。」她忽然像瘋了一樣的向他表白。

他不知該怎麼辦，自己該道歉嗎？好像也太怪了，三個月來他一直以為自己和她只是點頭之交，兩人真的也沒什麼可以說得上親密的言行，即使他心裡真的喜歡這個和他一樣愛喝紅酒的女生，他也一直只是心動卻沒有行動啊。

喔，如果勉強要說有什麼比較怎麼樣的事，也只有那一次兩人在信義區的COLD STONE冰淇淋店不期而遇，他請她吃了一客他最喜歡的「草莓香蕉圓舞曲加QQ干貝熊」，但是那也是很巧的遇到，他禮貌式的請客又很開心的和她聊了半小時，他摸著自己良心問，真的沒有在任何言行上佔過這小女生便宜啊！

「不干你的事，是我自己陷進去的，我喜歡你，喜歡到自己都問自己怎麼一回事，我一直等你跟我表白，但是，現在我再也忍不住了，因為我知道你是永遠不會跟我表白的了，你知道嗎，和你在一起時，我好開心，不說話都開心，我只想這樣一直和你在一起，什麼事都不做都可以，但是……」她在MSN的那一頭哭著說。

他不知該怎麼辦，他也喜歡她，從兩人每一次的對話裡，他感覺得到自己越來越喜歡她，喜歡她的天真和豐富的想像力，甚至喜歡她罵三字經的可愛自然模樣，現在，他只知道自己不想看她那麼難過。

於是也在MSN上丟了水球給她，約她下班後好好聊聊，如果她願意的話。

她說好，於是整個故事就這樣開始失控。

他到她公司接了她下班。

夜色中，他開著車和她一路往淡水金山走，一上車兩人好像都忘了剛在MSN裡的那些低沈，彼此都非常自然而開心的聊著，完全就自動進入情侶約會的情境裡，一直到吃過晚餐來到溫泉旅館，走進房間、洗溫泉，整個過程看來極為自然。

一直到這一刻，他在她的身體裡了，覺得這愛情來得真像一場夢，他並不後悔，他知道這是他想要經歷的美麗，儘管這美麗的背後充滿了不可知的未來。

但是，他還是想不透，為什麼在那關鍵的一秒，他會這樣直接的對她說出「我想外遇」這樣的話語，而她竟然也就這樣許可了他的愛情？

他回頭想，自己還真的沒辦法說出比「我想外遇」這四個字更讓他想講的話，那是他心裡最真實的聲音，或許，那也是讓她走進愛情的標準答案。

或者，那是讓他和她走進這暗黑愛情世界的關鍵字吧。

終究無法征服愛情的CEO

望著二十五樓的窗外，坐在執行長辦公室裡的半頹廢男人忽然什麼都不想了，他整個人陷在那張限量版Aeron Chair裡，想著自己一天到晚被媒體引用的那句名言：「天下沒有解決不了的問題。」

是啊，天下沒有解決不了的問題，除了愛情。

他想著那不知在地球哪個角落的她，覺得自己那顆自以為是鋼鐵打造的心竟然隱隱作痛著，他怎麼也不能說服自己，在商場身經百戰的他，處理過無數大小企業危機的他，竟然搶救不了他的愛情。

和她在一起十六年了，他一直以為自己把兩個人的關係「管理」得很好，除了婚姻，該給她的他沒有少給過，儘管她偶爾會暗示性的提醒他，但是他怎麼也想不到兩個人有結婚的必要，總是回她「再看看」。

他事業太忙，忙到沒辦法分心工作之外的事，而她也早被十六年來的同居生活定型成一個總是在家裡等候他的女人角色，他和她有很富裕的物質生活，很穩定的感情，他的盤算是，如果不小心有了小孩，再來結婚吧，而且，在一起這麼多年了，年近四十的她應該也對結婚這件事死了心。

但是他怎麼也想不到，到最後是她對他死了心，就在他某天深夜回到家的時候，看到餐桌上她留的字條，她幫他留了為他煮的最後一頓消夜，告訴他，不用找她了，她既然決定要走，就不可能會讓他找到，她不想再等他，這十六年的感情，她全額交割認賠殺出，當成是人生的沈沒成本。

看著她的紙條，半頹廢男人整個人腦袋一片空白，但也以僅存的理性向航空公司的朋友拜託，終於找到她那天晚上飛紐約的訂位資料，他於是也在隔天向公司請假，幾乎在第一時間飛到紐約，他相信以他的精明和談判力加好口才，十成十可以軟硬兼施的把她帶回台灣，他太了解她了，也對自己太有信心了，對他來說，這件事連個case都算不上。

但是等他到了人海茫茫的紐約才知道這事有多難辦，他問了她所有在紐約的親友，沒有人知道她的行蹤，他開始意識到這件事有些麻煩，於是向公司要了半個月的假，準備長期抗戰。

他先是鎖定華人社區來打文宣戰，把她和他的照片大大的登在報紙和社區電視台上，當著全世界的面向她求婚，他想，既然她要的是婚姻，那他就給她婚姻，這樣的讓步，她總沒有不回心轉意的理由了，這交易看來公平合理。

但是她仍然沒有回應，他於是進行另一項策略行動，找私家偵探查她的行蹤，這招果然管用，在花了一大筆錢之後終於查到她在紐澤西的落腳處，他於是開車在門口堵她。

等了兩天，半頹廢男人終於等到她出門，他拿出準備已久的玫瑰花束和求婚鑽戒，聲淚俱下的跪在她車前要她嫁給他，但是她卻看都不看的繞過他走自己的路。

半頹廢男人於是和她在紐約郊區上演一場飛車追逐秀，搞到最後她怕飆出事來，被他逼到路肩兩人停下車來談。

「你以為你做這些事是愛我嗎？你根本在斷我的路，你還是沒變，CEO先生，你只想到你自己，你把我當成你的財產，用盡心機只想把我搶回去，對不起，門兒都沒有，未來的人生，我只為自己而活。」她語氣平靜而冰冷的這樣對他說。

半頹廢男人忽然一句話也說不出來，她所說的每一個字都像子彈把他那原本滿滿是愛的心打成了蜂窩，他知道，該是醒來的時候了。

是啊，他怎麼沒想到他這些自以為浪漫的求愛，看在她的眼裡只是更大的權謀和心機，讓她無處可逃，他也於是了解，自己做這些事的另一層心理動機是不想別的男人碰她，他要全世界知道，她是他的女人，這樣，她走投無路，自然就會回到他懷裡，他越想越覺得自己下流得可以。

現在回想起來，他所有的算計其實都是錯的，五年過去，她並沒有回到他懷裡，他也不知道她人在何方，但是這五年來，半頹廢男人對她的思念卻沒有隨著時間過去而好些，每每想到她，他總覺得自己好想用生命中所有的一切去換她一個回心轉意。

但是，那終究是他心裡的聲音，他一樣是那個高科技產業的英雄，整個社會的標竿典範，這世界沒有人看得到他內心的傷。

他一樣日日夜夜的對著所有人說「這世界上沒有解決不了的問題」，卻把那下半句「除了愛情」，永遠留在心底說不出口。

是啊，CEO先生，世界上沒有解決不了的問題，除了愛情。

當愛情死去的那一刻

半頹廢男人一直覺得那影子在背後跟著他，當他越確定這件事的時候，就越裝作若無其事的走著。

他邊想著這到底是怎麼一回事，他該怎麼處理這場面？

這條路線他走過上千次了，十幾年來每天晚飯之後都會走過一遍，從國父紀念館走到仁愛路圓環，再從敦化南路左轉接信義路走回家，他閉起眼睛都可以清楚的看到每一步的風景。

因為這樣的緣故，他對於有人跟在他後頭這件事感覺非常清楚。

到底會是誰？半頹廢男人還是忍住不回頭，他知道還不是時候，不想打草驚蛇，在部隊受過跟蹤訓練的他知道該如何處理這樣的場面，只是，他邊走邊好奇的想，到底這跟蹤的人所為何來？他實在想不到像自己這樣一個簡單平凡的人會有什麼被跟蹤的價值。

他於是幾度加快腳步再放慢以確認，沒錯，是在跟他，他快這影子就快，他慢這影子就慢。

他決定要讓這影子現出原形。

刻意選在敦化南路左轉信義路的那個片刻，他一轉彎就躲進那家銀行的提款機小房間裡，讓整個人瞬間在被跟蹤的視線上消失，並等待獵殺那個一直跟在他身後的影子。

影子顯然沒有受過跟蹤訓練，像無頭蒼蠅一樣的跟了過來，很快的穿過他所躲著的小房間一直往前走，半頹廢男人於是馬上從房間裡閃了出來，這下子，變成他在跟蹤這影子了。

是個陌生的影子，現在，這影子成了背影，他也就在這背影後面緊緊跟蹤著。

看來是個四十歲出頭的上班族女人，她的香奈兒套裝和Manolo Blahnik高跟鞋看來都不像徵信社人員的行頭，再說，手上那個柏金包也說明了她應該不需要靠跟蹤來謀生，這樣的女人為什麼要跟蹤他？

在確定跟丟了他之後，那背影開始變得慌亂，不安張望著尋找他，卻不知道他正在她後面，慢慢的，這慌亂變成沮喪，站在原地再也走不動了，那中年女人的肩膀非常無力的垂了下來，極其失望哀傷。

他也於是停下腳步站在她五步之遙的後面，有點猶豫不知接下來該怎麼做。那背影忽然好像也感受到什麼了的向後轉，讓他根本來不及躲，就這樣被她逮了個正著，兩張臉面對面對看著。

半頹廢男人覺得自己像是看到了一面鏡子，那張陌生又熟悉的臉在同一秒變得和他一樣驚恐蒼白，是她，十多年前深愛過的她。

那是一個人一生只會出現一次的蒼白表情，也只會出現在曾經深愛過的人的面前，如果你曾經很愛的一個女人死了，隔了很久之後忽然又看她活生生的出現在面前，你就會知道那是什麼表情。

不過半頹廢男人和她的表情卻是更複雜的，照理說，看到一個自己深愛的女人活過來，應該是會又驚又喜的吧，但為何此刻兩人的臉上卻是如此的蒼白又沒有表情？

他知道自己為何如此的震撼，也知道她的蒼白是為了什麼。

是因為愛情死了，兩個曾經那樣深愛過的人活生生的又出現在彼此面前，在歷經十多年的分離之後，一直把彼此當成是個死去的人，如果不這樣想，他和她根本離不開對方，而這十多年來，彼此雖然毫無音訊，但是她一直在他心裡，他想，她也一直記著他的愛。

而這一刻，他看到了她，就好像看到一個在自己認知系統中死去的愛人又活了過來，但是，愛人活了過來，愛情卻死了。

他這才發現，自己心中那藏了十多年的愛在這一刻正式宣告死亡，因為看到她的那一刻，他從彼此眼裡已讀不到當年的愛。

這一刻終於還是來了，在和一生中最愛的女人分手十多年之後，在看到她的這當下，他於是知道自己的愛情早就死了，但是，如果沒有再見到她，他還一直以為這愛情還活在對她的記憶裡。

他和她就這樣一臉蒼白的站在信義路上對看著，彼此都不知道該用什麼樣的表情和言語，像兩尊雕像那樣木然凝望。

對他和她來說，這都是一生中極其殘忍的夜晚，在遙遠漫長的分手之後，和舊愛重逢的同時也正式宣告了彼此愛情的死亡。

燈火輝煌的騎樓下，人潮無聲的穿過呆立的半頹廢男人和她，夜空裡開始飄下今年秋天的第一場雨。

那片刻間存在又不存在的愛人

前一晚沒有喝得太醉，半頹廢男人在週六清晨一大早醒來。

整個台北都在沈睡，他沿著光復南路往北走，靜靜的穿過仁愛路。

他忽然回頭看看自己走過的十字路口，想看清楚那穿過行道樹葉間的風動，還有那晨光中的台北高樓街景，視線盡頭的藍天飄著幾朵剛醒過來的雲彩。

幾秒之後，半頹廢男人又開始他的週末清晨行走。

他聞到乾乾涼涼的風，心中有種小小的溫暖幸福感，他感受到身旁的她的芬芳，每個呼吸都是她。

他和她無言的向前行走，半頹廢男人走進那家已經吃了十多年的中式早餐店。

「帶走，謝謝。」他向店員伸出右手食指比了個一，那中年媽媽幾乎正眼沒看他就轉過身去。

「五十九元。」她回過身，把早點和四十一元交到他手上，像部收銀機一樣的收過他的一百元。

他帶著一套燒餅夾蛋和一杯熱豆漿繼續他的清晨行走，那清晨的微風又這樣一陣陣的拂了過來，他又聞到她的呼吸，整個心又這樣小小的幸福著，他的手也握得更緊了，那一陣陣的風吹得他眼眶熱了起來，他知道，她一直在他身旁，始終無言的陪著他。

是的，他是如此愛她，愛她給他的自在和安心，不管醒著或睡著的時候。

他知道，他的生命中一直有她，她一直陪著他，他甚至確定，她這樣的愛和他對她的愛會持續到每一世的每一秒，那也是他和她對愛情的共同信仰，愛一個人，給她自在，用她想要的方式愛她。

他伸手想把這片刻的感動傳給她，給她小小深情的一握，或者，一個出其不意的吻也好，他想，她該不會討厭他還殘留在唇邊的牙膏味。

不過，半頹廢男人始終還是沒有這樣做，因為綠燈亮了，那陽光也不知何時變得刺眼灼熱，他想，怕熱又怕曬黑的她該也和他一樣急著想逃離這當下。

於是，他沿著忠孝東路那行人步道的陰影，走進國父紀念館，找到一片隱密的角落，和她就這樣坐了下來。

那是一個陽光還照不到的有風的角落，面對著有白花花陽光的綠色大草坪，看在他眼中，像極了Z天常播出的那種高畫質空鏡頭，在整個城市氣溫逐漸升高的時候，他覺得自己真是超幸運能找到這樣的角落，幫兩人找到一個這樣的私樂園。

他打開了剛在早餐店買的早餐，面對著眼前的寧靜風景，享受這週末早餐的小小幸福。

但是他就是一個人吃著早餐，無言的吃著，眼神卻一直沒有看到身旁的她。

她還是無言，他也靜默，他知道，他不用刻意去找個話題和她聊什麼，即使兩人沒有一句話，都不會成為一種誤解，她不會因為他的沒話而懷疑這感情有什麼變化。

他懂她，她也懂他，這樣自在的愛情，不需言語和肢體的溝通，彼此永遠能感受到滿滿的愛，因為那是兩人都可以理解也渴求的愛情方式，那種默契和通透，甚至遠遠的超過心有靈犀。

甚至，在各自獨處的片刻，他也能感受到她給他的愛，他想，她也是。

就像這一刻，他一個人坐在國父紀念館的角落裡吃著早餐，這樣一個身旁根本沒有她的片刻，他知道她不在，但是她給他的自在和愛一直都在。

在情慾的峰頂

她的第三次高潮一直來不了，半頹廢男人只得放棄，帶著慾望離開了她的身體，等待著她下一次的撫慰。

他和她，一絲不掛的躺在那淋漓荒唐的床上喘著氣，像剛從海裡爬上岸的亞當和夏娃。

「我好愛你，你愛我嗎？」她忽然趴上他的胸膛這樣問他。

他沒回話，深情迷濛看著她的眼裡卻有千言萬語，他知道她愛他，但是她真的知道他是怎樣的一個人嗎？她會愛一個這樣的他嗎？

其實，連他自己常常也不認得自己，就像他永遠想不通那些活過的自己為何會那樣去活，而現在回想起來，如果自己能再活過一次，他覺得自己不會再做出當時一樣的決定那樣。

特別是在和她相愛之後，他的任性變成了理性，他的張狂變成體貼，他的驕傲變成了對她的依賴和渴求，更讓他難以理解的是，這裡面竟然完全沒有任何的半點不舒服，他被這愛情蹂躪得如此心甘情願。

所以，在這樣的愛情裡，他整個心是被她捏在手掌心裡了，在這愛情裡，她的每個呼吸都如此緊緊的牽引著他的每一根神經，那是一個讓他完全失去自己和自己的心的愛情，如果真能選擇再愛一次，他真的敢愛她嗎？

他想著，如果她知道他已經變成這樣一個他，她還會愛他嗎？老實說，連他自己都非常不喜歡現在這樣的自己了，他覺得這樣的自己一點都不值得她愛，但是弔詭的是，他是在愛上她之後變成一個這樣連自己也不喜歡的自己。

所以，他該怎麼回她話？是的，他好愛她，那種愛裡充滿了幸福、快樂、不安和恐懼，從來沒有一個女人曾給他身體和靈魂那樣的快樂，在她的愛裡他感覺到自己的堅強和巨大，那種肉體與精神交相強化的歡愉與契合，只能說是可遇不可求的恩賜。

但是這樣愛情的美好也帶來更大的不安，活過的人生告訴他，沒有任何未來可以被規劃和掌握的，就如同他不知道這愛情的未來會如何，如果一旦失去，他承受得起嗎？他是這樣的把自己的身體和靈魂都交給了她，而且，他相信她也是。

「對不起，我剛剛不應該問你那樣的問題，我其實只是想讓你知道我有多愛你。」看半頹廢男人久久不語，她有點不安的想安撫他。

「我知道，我只是不知道該怎麼去讓妳知道我有多愛妳。」他說，但是馬上又感覺到這句話其實比「我愛妳」更具爆發力，像是一串終極密碼般的打開了她靈魂肉體最深處的愛慾。

她瘋狂的抱他要他，感覺到自己體內的慾望火苗又這樣燒成了漫天赤焰，一種不可思議的飢渴馬上又在兩人的身上恣意竄流著。

明明是經歷了一場馬拉松式的歡愛，半頹廢男人覺得自己像是被煮開又蒸發的一壺水，已然燒乾了身體和靈魂的每一分能量，而她也在歷經兩次高潮之後覺得自己爬到了慾望的山頂，再如何的努力也無法登上下一個山峰。

但是奇蹟就這樣發生了，在半頹廢男人歷經如此對愛情的自省和辯證之後，兩人意外的又進入了一個從未經歷的靈肉私樂園，在傾注的那一刻，他覺得自己整個人就這樣被她吸納入一個溫柔深情的宇宙裡。

他覺得自己飄在太空裡，整個人的肉體和靈魂都變得好輕，一切都放得好空，在把男性的慾望完全注給了她之後，他像浮在雲裡那樣的自在，搞不清楚自己是睡著了或醒著，但是神智卻變得不可思議的清明。

他於是了解他為何會如此愛她，她像是一個為他量身打造的女人，不，該說他是一個為她的需要而生的男人，這愛情的可貴與可怕，就在於彼此是彼此的愛情載具，生來就是為了要愛對方的。

一個男人的人生該都是這樣的吧，終其一生都在尋找這樣的一個女人，完全為自己而生，承載了他對愛情最大的慾求和夢想。

這一刻，他腦海裡忽然出現一個自己都難以理解的隱喻，他想到很久很久之前「霹靂遊俠」裡的李麥克和他的「霹靂車」，這兩者，到底誰是誰的載具？誰承載了誰的夢想？就像他和她，到底誰盛載了誰的愛情？誰屬於誰？誰擁有誰？

也許，都是吧，半頹廢男人越想越不清楚，卻也越想越覺得沒有想下去的必要，在愛情和夢想裡，誰屬於誰，誰征服誰，看來真的是一點也不需要去思考和釐清的事了，他想。

鑫鑫腸情人

「愛上他之後，我發現這男人越來越多的缺點，搞到最後終於不得不分手。」她這樣對半頹廢男人說。

男人的缺點？說不完的吧，當女人愛男人的時候，那些缺點都叫「特色」，不愛他的時候，這些缺點就成了放大鏡下的芝麻粒，大得讓人看不下去，他邊這樣想著，等著聽她怎麼說。

女人用很不屑的表情回憶起這段過去，那種眼神遠超過歧視或仇恨，那根本是把一個人踩在腳底走過去的視若無睹的冷漠。

到底是什麼樣的感情經驗會讓一個女人如此的看不起一個男人？半頹廢男人

不禁好奇。

「一開始，我好愛他，愛他的外在和內在，這樣有錢年輕的帥男人沒有女人會不愛的。」她打開手機秀了他的照片。

是長得五分像金城武三分像梁朝偉，身為男人，半頹廢男人還真的對好看的男人從來沒有自卑感過，他一直覺得，就好像F1賽車和其他車沒得比一樣，如果你把自己當成F1賽車，這天底下需要去比的對象還真的不太多。

然後，女人開始說這「五金三梁」的男人條件有多好，從小在舊金山長大的ABC，哈佛MBA，開BMW，是家外商公司的CEO，他住的豪宅一拉開落地窗就可以看見101，唯一的缺點是中文不太好，只會一直說「我愛妳」。

「而且，他脾氣好EQ又高，從來不罵人也不批評人，對人永遠客氣有禮貌，不管上班或休假永遠面帶微笑又全身Armani。」她邊說，表情竟然像是在訴說一個標本或介紹汽車的規格配備一樣，一點也沒有以這男人為榮的喜悅，顯然這男人和她已經毫無關係了。

「這很棒啊，妳不是一直想找個這樣內外皆美的男人嗎？」半頹廢男人說，如果聊得還ＯＫ，很少有女人能抗拒這樣的男人的。

「本來我也以為是這樣，對他非常心動，開始小心佈局的和他交往，經驗告訴我，這種男人像喀什米爾羊，高貴龜毛又容易受驚嚇，所以我不能太主動也不能太被動。」她說，在這段感情裡，她一直被動得很主動，只要他一出手，她的回應也不會太冷漠，大家有禮有節的交往了半年。

終於有一天，他邀她到他家看DVD。

她知道這是什麼意思，該發生的事還是要讓它發生吧，總不能兩人老是在餐廳聊天，然後再完璧歸趙的把她送回家，從認識到現在都半年了，他連她的手都沒碰過。

但是，她還是想錯了，即使她在出發前在皮包內已經準備了半打保險套，那天兩人在他客廳看DVD看到睡著打呼，他還是沒碰她，保險套一個都派不上用場。

「你老實告訴我，你是不是有別的女人？還是我配不上你？」那天，睡醒之後要離開他家之前，她終於忍不住這樣問他。

他舉起雙手向她發誓，那些女人都過去了，現在，他只有她，同時還一口氣把他所有的前女友一一向她交代清楚。

她相信了他，總想著他是個有宗教信仰的人，不該會說謊，而且，兩個人到現在也還沒什麼，他如果不喜歡她，也不會這樣在意她的。

她又想起了平日那個溫文有禮的他，心裡想，他真是個自愛也愛人的好男人，也因為這樣，他想好好保護她珍惜她，自然不肯碰她，就這樣越來越愛他。

「後來，我發現他根本是裝的，他平常喜歡上酒店，週末再上教堂，而且，他在公司喜歡亂罵人，脾氣根本一點都不好，這幾年來女人一直不斷，每個都交往得很短暫。」她越想越氣，想到這些。

「所以，因為看清了他的真面目就和他分手了？」他想，如果是這樣懸崖勒馬，對她也算是好事。

「不，我根本沒辦法踩煞車了，發現這些都是在我深深的愛上他了之後，我覺得這些其實我都還能忍，我不能忍的是他一直不和我上床這件事，我是那麼愛他，愛到恨不得把自己毫無保留的獻給他，他卻一直不主動。」她說。

顯然是難以理解的愛情，男人不壞女人不愛吧，戀愛中的女人總會覺得自己可以改變全世界，半頹廢男人覺得這男人還真的是高手中的高手，面對這樣的美女竟然還可以一直忍著。

「後來，有一天我忍不住了，在他家看DVD看到一半，伸手去摸他。」女人像在回憶一場惡夢似的。

然後呢？

「然後他也很神奇熱情的回應了，開始摸我，我們就這樣乾柴烈火的準備開始愛成一團了。」她口氣越來越像在分享一部恐怖電影。

所以，後來你們做愛？

「沒，根本沒辦法，你能想像嗎？我一直很努力，但是他那裡像根『鑫鑫腸』那樣小，長不大，真的長不大。」她忽然笑得很不好意思，覺得自己很不厚道。

她於是馬上醒了，她告訴自己，她可以忍受一個男人不忠，但是沒辦法忍受一個男人不行。

過去的經驗告訴她，和一個鑫鑫腸男人做愛有多無奈，她知道，Bad Sex比No Sex更可怕，與其冒險犯難，不如懸崖勒馬，這樣對彼此都好。

她起身整理好自己，離開了他的房子他的床，只留下一臉挫敗的他，於是，她終於了解為什麼他條件這麼好，交往的情人都如此短暫就分手的原因了。

邊聽著她這樣說，半頹廢男人忽然開始很認真的去回憶鑫鑫腸的真實尺寸，又非常謙卑惶恐不安的想起自己的尺寸。

愛情，六手聯彈

感情處於真空狀態的那一年，半頹廢男人認識了那兩個彈鋼琴的姐妹，他也因而經歷了一段不知該如何言說的「四手聯彈」情感人生。

本來，他應該只會認識那個妹妹的，卻想不到買一送一的也認識了姐姐。

朋友介紹了那個妹妹給他，是個連笑起來都很害羞的女孩，從維也納拿了鋼琴教學學位回台灣之後就一直教鋼琴，幾年下來，細心又有耐心的她，很快的成了信義豪宅區裡的名師，大家口耳相傳的介紹，她常常整個週末都泡在這社區裡教小孩彈琴，朋友說，看來是個很棒的交往對象。

至於那個姐姐，本來其實是沒機會認識的，如果不是第一次見面時她不放心妹妹一個人和半頹廢男人吃晚餐的話。

於是那頓晚餐就成了四個人的漫長聊天會，半頹廢男人、他的介紹人朋友、兩個鋼琴姐妹花，一頓晚餐足足吃了四個多鐘頭，大部分的時間都在聊彼此的滄桑人生，一頓看來是相親的晚餐就此走了樣。

半頹廢男人於是知道那姐姐的故事，從美國回到台灣之後，主修表演的她其實生活得不太順，不管工作或是感情都一路波波折折，為了愛情她離開最愛的鋼琴和表演生涯，經歷了兩次婚姻，除了心靈的傷痛，並沒有幫她人生留下什麼，喔，除了一大筆可以讓她一輩子揮霍不完的分手費外加贍養費，因為這兩任丈夫都頗有些家底，為了自由，這些錢他們都花得起。

「婚姻這件事，我是看破了，只希望妹妹不要經歷像我這樣不堪的人生。」所以她很小心留意每個妹妹會遇見的男人，就像今天她堅持要來當這頓晚餐的電燈泡一樣。

半頹廢男人聽她這樣說，沒回答什麼，只禮貌又會心的笑著喝他的艾雷島威士忌，他很清楚，感情已千帆過盡的自己，並不是適合這妹妹的男人，至少，他知道他過不了姐姐這一關，而他，也並不是那麼喜歡這妹妹，她太年輕、太單純，反而，覺得這歷經情愛滄桑的姐姐有點意思，有點像他手上這杯歷經人世的二十五年威士忌。

從姐姐回敬他的笑容裡，半頹廢男人也看得出她的心思，他知道她不認為半頹廢男人適合她妹妹，經歷過不少男人的她感覺得出這男人不安定的靈魂，任何女人愛上他只會是一場災難，對這樣的直覺她一直有一種很頑固的自信。

他想，他的眼神和語氣也告訴她，他對這個認識並沒有太多的期待，他也從來沒有扮過一個好情人或是好丈夫，至少，到目前為止他不想再用愛情來傷害下一個女人，帶著幾分酒意，他也向這姐姐坦白了自己過去那千瘡百孔的愛情與人生。

於是，半頹廢男人和這姐姐，彼此都放心了，同時放下武裝和面具，各自打回原形的盡情聊天喝酒，男人解開領帶，女人解開腰帶，一場相親大會立刻走了樣，成了兩個情場倖存者的交心大會，沒了對婚姻的期待壓力與算計。

之後，彼此也因為這樣成了好朋友，向來對什麼都好奇的他，開始跟著這兩個姐妹花去聽音樂會，看這男人幾次音樂會下來竟然沒打瞌睡，而且常常聽完之後還好奇的問東問西的問一些聽來很白痴又有趣的問題，兩姐妹於是也常找他當接送司機，三個寂寞的男女就這樣越來越密集的在一起。

回想起來，半頹廢男人覺得自己和這兩個女人的關係有點像是鋼琴的「四手聯彈」，而且是一種極複雜的「多重性曖昧六手聯彈」。

他覺得自己和那姐姐之間始終有一種很特殊的旋律在流動著，那是一種對愛情失望到了極點之後又同步燃起的希望，他也感覺到那妹妹對自己的好感和喜歡，而這兩姐妹之間也自然有一種與生俱來的手足默契，他想像著，這兩個女人是怎樣想像著對方與他之間可能的情愫是如何滋長蔓延著。

所以，這像是一場顯而易見又隱而不見的曖昧四手聯彈，這裡面，有兩姐妹的四手聯彈，有半頹廢男人和兩個女人個別的四手聯彈，更有他把兩人視為一體的千萬種不足為外人道的狂野想像，只是，沒有一個人願意主動去說破這些充滿張力的心情，也沒有人說得出到底哪一個音符才是這三人關係裡的主旋律。

但是，就像鋼琴的四手聯彈一樣，除了彈琴的人，聽到琴音的人的理解可能都是誤解，不懂鋼琴的外行人聽不出一個人或兩個人彈出來的琴音有何不同，而那些自以為是的內行人，有時也會被那些功力可以讓兩手彈出四手感覺的高手所欺騙，一段感情，往往連彈琴的人都不知道自己在彈的是什麼樣的旋律。

半頹廢男人開始覺得有點不對勁，覺得一個單身男人和兩個姐妹這樣相處下去會擦槍走火，他越來越不確定自己對這兩個女人是不是單純的友情，他也不確定兩個女人會不會這樣對他日久生情，但是他又覺得自己想太多，一邊提醒告訴自己當個男人別太小器，人家女生看來一直很雲淡風輕，這些心思講開來還可能被笑是自作多情。

事實上是他意識到自己對這兩個女人有了依賴，幾個月下來他早已習慣和兩個姐妹一起度過晚上的人生，甚至，他對彼此這樣的關係有了更多在內心滋長的慾望與需要。

每次和這兩姐妹的約會，他總是很準時的來到她們家門口，接兩個人去聽音樂會，吃個消夜，然後再送兩個人回家，他也從來沒有進去過她們家，即使姐姐偶爾會禮貌性的約他上去坐坐，但是他知道那背後他必須考量的可能和風險，他不想讓這段感情走到讓三個人之中任何一個人為難或痛苦後悔的境地。

半頹廢男人知道自己不是聖人更不是柳下惠，他不是陽痿也不是gay，他喜歡這兩個女人，越來越喜歡，喜歡到對兩人的肉體有越來越多非分卻合理的想像，他可以想像姐姐在床上的熱情和妹妹的多情，他想像這兩個彈鋼琴的女人，會如何用白嫩細長卻有力的手指愛撫吸吮他多情的男性，又如何深情的在他背上留下激情高潮的印記。

他甚至想過那讓他興奮得情不自禁的自慰好幾次的荒唐性愛三人行。

但是，他就是沒種，他永遠只能彬彬有禮的當兩個美女的守護天使，然後，下流無比的在和她們道晚安之後，回家在浴室裡努力的安慰自己。

他越想越覺得自己活得像個豬頭，擺在他眼前的，又是一個非典型的愛情難題，他喜歡這兩個女人，但是他又不能（事實上也是不甘）只愛一個女人，他想要進入這兩個女人的靈魂和肉體，但是理智又制止他這樣做，他知道自己不該再這樣和兩個女人交往下去，但是又對這樣看來純潔美好的三人行生活非常的在乎而依賴。

他知道自己一點也不快樂，只能一天又一天的去經歷這讓他非常錯亂又不知算不算是愛情的六手聯彈。

那有如一九八二年波爾多的回春愛情

她在MSN上一直數落那個剛分手的男友。

「啊現在是什麼情形？我在當愛情張老師嗎？」儘管心裡嘀嘀咕咕，半頹廢男人還是耐住性子，靜靜聽她在那邊像個精神病人般的把滿肚子的怨念給倒出來。

她其實和他不熟，彼此甚至沒有對方的行動電話號碼，是偶爾在MSN上會聊兩句那種半生不熟的點頭之交。

但是今天，她足足對他說了兩個多小時，中間包括了他說他想上廁所尿尿兩次，他其實是想尿遁，心裡想，她也許就會這樣識趣的把他當個屁給放了。

但是她說，沒關係，她等他回來再聊，她覺得和他聊天很開心也很放心。

他只好陪她了。

但是心裡其實沒有想太多，只覺得她這樣一個剛失戀的小女生，這時候最需要的就是一個願意聽她好好說話的人了，而他，只想做好人。

「但是，真的好想找人談戀愛啊，你有適合的人選可以介紹嗎？」她忽然M了這樣一句過來。

靠，連這種問題都問出來了，那現在到底是要怎樣，他心裡咕噥著。

「很拍勢，沒有A。」半頹廢男人敲了火星文夾台語這樣回她。

「那，你當我男朋友好不好？」她像是預謀很久似的這樣馬上對他說，這，轉得也太硬太猛了吧？

他強烈懷疑，她其實在和他開始MSN的第一秒就想講這句話，只是一忍再忍的忍了兩個小時之後，終於找到這個出手時機。

於是，他就這樣笨笨的開始了一次婚外情，在三十八歲的這一年，小女生二十六歲。

他和她，很快的從牽手發展到上床那種愛人關係，速度其實快得出奇，但是他卻覺得這愛情進展得極為自然，小女生的愛像一九八二年的紅酒，不管是靈魂和肉體都美好得讓他難以抗拒。

每每想到這種感覺，他也往往會想到，她原來也是在一九八二年出生的，他一直知道，如果有一瓶一九八二年的波爾多好酒擺在他面前，他是連想都不會多想一秒就會去開瓶一飲而盡的。

因為，他相信，錯過了這樣的美好，他這輩子不會有再一次如此的幸運。

對於這愛情，他心裡一直沒有想太多，除了生活中難免需要的一些躲躲藏藏和欺騙，其他的部分一直都很美好，他總覺得，自己這個充滿中年危機的年紀，生命中會出現這樣一段是很正常的事，結婚十一年的他，在這樣的年紀，心中那沈睡多年的愛情正渴望覺醒。

而那一次在MSN上的巧合對話，也就這樣很自然的把他帶到這一段愛情來，他不討厭這愛情裡發生的一切，特別是和她一個星期一、兩次汽車旅館裡的性愛，每當他擁著她青春的肉體，每每感覺到自己的生命也因為這樣注入了一種新的能量。

「和青春肉體在一起的感覺到底是什麼樣的快樂？」酒吧裡，朋友喝著波本這樣問他。

他想了一下，說，像小時候第一次吃香草冰淇淋的感覺。

「什麼意思？」朋友不解的問。

「當我嚐到人生第一口香草冰淇淋的時候，我覺得那是我人生中吃過最美好的東西了，當我第一次進入她身體也是那種感覺，我不知道為什麼，應該是我的年紀吧，所以和這樣青春肉體性愛時，有種直接真實又深刻的滄桑感動，那是年輕時做愛所沒有的。」他說。

然後，他開始想著第一次吃香草冰淇淋的複雜心情，他很捨不得吃，更不敢大口咬，只能一小口一小口的吮著那些自然融化的香草汁，而且，還刻意讓這些天堂美味在嘴巴裡停了好久，回味再三之後才依依不捨的吞下肚。

但是，他也沒辦法讓這樣的美好停留，因為冰淇淋會一直融化，所以他再不捨也沒辦法讓口中的美好停留太久，因為要和時間賽跑去搶食冰淇淋的美好。

就像他每一次愛撫著她的青春肉體時，知道那終究不屬於他，她也早知道兩人愛情不會有結果那樣，因為這樣，彼此反而更珍惜相處的每一刻，因為他和她都知道，相處的每一秒對彼此都是無比珍貴的人生，就像那命定會融化消失的香草冰淇淋。

但是，他又無法說服自己接受終有一天會失去她的事實，她是如此的美好，讓他感覺到自己的生命重回一種青春的樣態，忘了自己是一個即將步入中年危機的男人，在她靈魂和肉體的滋潤下，他覺得自己就像那部陪著他走過人生許多風雨的蘭吉雅古董車，總是永遠不會老的，只要自己有這樣的信念在人生的跑道上一直跑下去。

半頹廢男人知道，他不會老的，不管年紀再大，只要他不斷的活在愛裡，他就會像一部忘記歲月的經典古董車，也許終有一天會死去，但是，絕不會老去，因為他永遠在努力享受生命。

他想著她一九八二年的青春肉體，想著這段像香草冰淇淋的愛情，想著，都好，至少他愛過，他的靈魂和肉體也都這樣回春過了。

悔恨只是激情過後的心靈裝飾

每每想到那一晚和她發生的事，半頹廢男人心裡總有無比的悔恨。

其實是一次很美很棒的愛情經驗，而且就在那個晚上開始與結束，像喝了伏特加那樣，一點都不殘留愛情的宿醉，回想起來真像一場夢，他甚至懷疑那段浪漫真的發生過。

那之後，兩人也沒了聯絡，除了是他不想，也是沒辦法，他甚至不記得她的名字。

半頹廢男人之所以悔恨，是想到自己那個晚上對她做的那些事，越想越覺得自己是一個很爛的男人，她明明一直說不要，他卻就這樣一直得寸進尺，然後，所有的事就這樣發生了。

「我討厭寫東西，但是卻又很想寫。」那個晚上，兩人第一次見面，聊到寫作這件事，她這樣對半頹廢男人說。

是個開保時捷跑車的小女生，雜誌社要半頹廢男人幫她寫篇人物專訪，於是就約好到淡水紅樹林找個有景觀的地方採訪和拍照。

車裡就他和她兩個人，聊完車，她聊到她寫部落格的事，她說，她討厭寫部落格，但是又常常有很多心情想在網路上留下來。

「那為什麼不寫？」他好奇的問她。

「因為寫完之後隔了一段時間之後再來看，會覺得自己那時怎麼會有那麼幼稚的想法，挺後悔的。」她說。

不過，那都是妳活過的人生啊，半頹廢男人心裡這樣想著。

「不過，後來我想想，那些都是我活過的人生啊！」她竟然說了幾乎一模一樣的話。

他開始覺得有趣，覺得自己能讀懂她的心。

「有時候，我覺得自己像是一個站在懸崖邊的人，想要跳到另一頭去，我相信我可以，但是就怕有萬一，那另一頭即使只有一步那麼寬，我也不敢跨過去，我其實是個沒膽也沒自信的人。」她不知道為什麼這樣對他說，而且是用那種很放心自在的語氣。

到目前為止，兩個人也不過在一起半個小時，半小時之前，彼此還是陌生人。

然後，她又接著說了更多她的人生，像是她喜歡開著她的保持捷911在子夜的堤頂大道狂奔。

「但是，我沒膽，所以開很慢，時速只開兩百公里左右。」她有點不好意思的說，表情像是說自己很遜那樣。

「兩百公里？」他吃驚的這樣回她，同時想到自己有生以來開過的最快時速不過一百公里。

「這部911可以輕鬆的跑出三百公里的時速啊，開兩百公里感覺很舒服、很安全的。」她看他一臉吃驚樣，連忙解釋。

不過，妳其實不喜歡也不享受速度這件事，妳喜歡慢活喜歡有感有受的生活，半頹廢男人心裡又這樣想著。

「但是，要我選，我寧願去花蓮或屏東那種小地方每天騎腳踏車過日子，不騙你，我部落格裡寫了很多我在京都騎自行車的回憶，我好懷念那種慢慢活的生活，那種有感有受有滋有味的生活。」她竟然又這樣說了。

他忽然覺得興奮又想逃離，他不敢想像兩人再聊下去會發生什麼事，不行，他得趕快把這次採訪任務結束。

於是他拿起相機，在她保時捷的車內想幫她拍照，他想，拍完照之後就可以閃人了，不過，採訪之前是沒跟她提過要拍她個人照片這事就是。

「不要拍我，拜託！」她兩手掩著小臉，語氣聽不出是害羞或生氣。

「抱歉，讓妳這樣生氣。」他趕快收起相機。

「我沒有生氣，我只是……」她好像怕他誤會似的，友善的對他說。

「妳的臉很好看。」他還是想說服她，事實上，她真的滿美的。

他怎麼也想不到這句話在她耳朵裡成了調情。

「不，我一點也不好看，我的臉一邊大一邊小。」她說。

「不會啊，一點也看不出來，妳好美。」他發現，她的左臉真的比右臉大一些，不過，還是很好看漂亮的一張臉，像剛出道時的唐娜。

「真的嗎？」她竟然信了，反問他。

他點點頭，一邊想逃開她開始變得有點不一樣的眼光。

他順勢把頭低了下來，天啊，希望她不要還看著我，半頹廢男人心裡既期待又怕受傷害的唸著。

他決定還是看一下她還有沒有在看他，於是偷瞄了一下。

她果然還在看他。

好吧，妳不怕我也不怕了，他於是鼓起勇氣抬起頭凝視了她的眼睛三秒鐘。

然後，他開始往她的唇靠了過去，一切都進展得很順利，那不該發生的事看來就要發生了。

「不要，不要這樣。」就在兩人嘴唇差不到十公分的那片刻，她忽然大叫一聲把頭別開。

生。

「對不起，讓妳生氣了。」他對這樣的失手無限懊悔，覺得自己真是個畜

「我，我沒有生氣，只是我們其實還不熟，雖然我有點喜歡你，但是……」她又出現了安慰他的語氣和表情，還說了一個但是。

半頹廢男人於是發動了第二波攻擊，伸出右手食指，端著她的下巴試圖再給她的唇一些溫暖。

她好像想通了什麼似的放棄了抗拒，讓他的唇就這樣佔領了她的唇，讓他的舌忽深忽淺的在她體內游移著，她也一不做二不休的把整個身體交給他，他也就這樣情不自禁的讓雙手從背部、腰部一路旅行到她的胸部。

「不，不要，不要這樣。」她又說不要了。

「對不起，讓妳這樣不舒服。」他又道歉了。

「沒，沒有，我沒有不舒服，我很舒服，我只是……」她又連忙向他解釋。

沒等她再說下去，半頹廢男人又往她撲了過去，這一下，她也完全放棄了所有的抵抗，反而不甘示弱的以抱制抱，反把他撲倒在前座，飢渴的在他的男體上

狂野的飆車。

於是，在她那狹小的車內，兩人的情慾飆到破表，當到達高潮的盡頭的那一刻，兩人距離此生第一次的相見不到三個小時。

「很高興認識妳。」一身大汗淋漓的半頹廢男人從情慾裡不安的醒過來，有點害羞的這樣對她說。

他知道，這時候他最該做的事情是穿上褲子盡速離開。

「我也是，今天很開心。」她笑著這樣對他說，邊整理著頭髮和一身的荒唐。

「我也是，再見。」他更加的不安了，想著自己今天一路和她發生過的事，他不知道這一夜的風流會在往後的人生如何的發酵。

他覺得自己真的是一個很爛的人，一直把她的「不」解讀成「不客氣」和「不要停」，於是發生了那一夜的故事，他越想越不清楚自己是怎麼一回事，只能說自己是被那一刻的浪漫所感動。

屁，你根本是好色，你這色胚，他又這樣罵了自己一句。

之後，兩人也真的沒聯絡了，半頹廢男人也一直沒有勇氣再找她，但是他知道，這段讓他無比悔恨和自省的回憶，會一輩子在他心底，儘管他不確定兩人如果再見面會發生什麼事。

也許，到時候他還是會忘情的和她做愛吧，暫時忘了去悔恨，悔恨是事情發生之後才需要用到的心靈裝飾，他想。

草莓大福的午後催情

「嗨，想念我的胸部嗎？好想和你做愛，call我。」她竟然，把白色丁字褲當成便條紙，寫了這樣一封情書寄給半頹廢男人。

他看得兩眼和下半身同步發直，邊讀著小丁字褲，他聞到了她的芬芳，感受到她的體溫和濕潤。

他想像著，兩個小時前，她是如何在她新竹的辦公室裡脫下這件丁字褲的，然後，用愛他的心多情的書寫著那讓他快腦充血的情慾告白，天，邊想著這些畫面，他覺得自己好想要她。

和這條丁字褲一同被送進他辦公室裡的，還有一盒她最愛吃的那家迪化街草莓大福，兩顆草莓大福被小心的擺在裡裡外外鋪滿了黑色蕾絲的小盒子裡，怎麼看都讓他想到她的胸部，對他來說，這件禮物根本已經不是暗示。

是啊，那何其美好的胸部，每次他和她擁吻時，總覺得她的唇像歡愉之泉，而她那胸前的雪白豐滿，更像是一片慾望的大海，多情溫軟的包容享受他身體的每一吋撫觸。

半頹廢男人覺得，自己不能再想下去了，他怕自己在這樣的光天化日相思成災，這一刻，他真的也好想和她做愛。

於是他打了電話給遠在新竹的她。

「你怎麼現在才打來？該不會你已經把草莓大福吃完了吧？」她在電話那頭帶著一點惡作劇的笑意問他。

「沒，我怎麼捨得吃呢？我只是一直想妳。」他留了半句話沒說出來，其實他更想說的是：「我好想和妳做愛。」

「那，現在有空嗎？」她在那有著四面落地窗的副總裁辦公室，看著高速公路的車流，這樣問他。

「有，有啊。」他竟然忘了下午有哪些事要處理，現在，這世界上除了她，對他來說，好像什麼都不重要了。

「好，那我們來電話教學吧！」她說。

「電話教學？」他愣了一下。

「是啊，我來教你如何吃草莓大福。」她說。

「OK，怎麼吃？」他問。

於是，她開始教半頹廢男人，如何把眼前這兩顆草莓大福當成她美好的乳房來享用。

他依著她的指示，小心多情的吮著那細軟豐滿的外皮，腦子裡開始回到兩人歡愛的過去，那美好的味覺經驗由味蕾勾引了腦內最銷魂的性愛記憶。

半頹廢男人閉上眼睛，開始清楚的憶起和感受到她每一次的呼吸、呻吟、吶喊和收縮，在台北五月燥熱的將雨午後，他覺得那場體內的風雨也已經開始成形。

他依著她的指示，極細心的吻遍了兩顆草莓大福的每一吋，在情慾洪水再也無法按捺的那一刻，咬開了那像她冰雪潔白胸部的表皮，吸吮著裡頭那顆情慾昂揚又無比甜美的草莓。

落地窗前開始出現了豆大的雨滴，他和她體內的情慾也無法停止奔流了。

他知道，他吸吮的不只是草莓，更是她身體最能帶來歡愉的私密頂點，他想著，在兩人歡愛的片刻，她會如何不能自已的在他的懷抱中掙扎翻騰她美麗的身軀，看來想逃脫閃躲，其實是欲拒還迎，他像個在情慾海中捕獲了小美人魚的勇猛漁夫，是的，他要她，頑強得沒得商量。

他腦海於是也出現了那些在她體內時的一次次美好回憶。

「好想死啊，這一刻。」那一次，兩人情慾大浪來襲，他和她幾乎同步又一字不差的喊出了這樣一句，半頹廢男人知道，他和她，此生都不會再有這樣美好的愛情了，那是一種命定又珍貴無比的靈肉相遇。

大雨同時落在他的窗前，整個城市頓時陷入一片迷濛裡，像是在愛人身體裡迷了路的中年。

半頹廢男人聽著她的聲音與呻吟，品嘗著那像草莓大福般的美好愛情，在這雷雨的午後。

愛情的最後優雅

「其實，我最近一直想找個女人來包養，好好談一場戀愛。」BMW750駛過101大樓轉進仁愛路，後座裡，旁邊的長輩忽然對半頹廢男人說。

他對這句話非常的震驚，但是讓他吃驚的，並不是這句話的內容，而是長輩那優雅自在的表情，對這六十多歲的老人來說，他自己顯然不覺得這件事有什麼見不得人的。

但是坐在他身旁的半頹廢男人卻是非常的不自在，一方面是他無法相信一個這樣有事業和地位的男人無視於前座的司機這樣說他認為很私密的事，一方面是真的不知道該如何接話。

是個一直對他很好的長輩，在工作上幫了很多忙，他總是說看到半頹廢男人就想到年輕時的自己，兩人是那種無所不談的忘年之交，認識十多年來，一直保持著聯絡。

不過，這兩年大家都忙，所以再通上電話已經是一年後，半頹廢男人於是和他約了這次的飯局，想不到在前往郊區餐廳的車上，長輩忽然對他提這件事。

他知道，他講這話就只是在和一個放心的人聊天，沒什麼意圖和用心的，是兩個男人在分享心事，所以，很優雅很誠實的這樣對他說。

但是，一個六十歲的老人在走過人生風風雨雨之後，看著自己現在所擁有的種種人生成就，他又如何敢於去面對那些世俗道德教條指控，而就這樣去任性的讓自己放縱情慾？

「你為什麼會想這事？」想了兩秒，半頹廢男人問了一句自己都覺得很蠢的問題，他明明知道情慾對人來說就是一輩子的課題。

「老實告訴你，我和我老婆已經十多年沒有性生活了，彼此感情也淡了，我的身體和精神真的都很需要愛情。」長輩這樣對他說，臉上的表情忽然出現了波浪，想來這真的是他現在人生中最在意的一件事了。

「我其實不算是個好色的人，我只想找個在乎我的女人在一起走完最後的人生。」長輩邊說著邊從西裝口袋裡掏出兩根Cohiba Sigro2雪茄，兩人就這樣在車裡開始享受今天的第一口古巴。

慢慢的吸著加勒比海的煙霧芬芳，兩個男人的表情忽然出現一種神奇的自由輕鬆，多奇妙啊，這世界上最能給人帶來自由感的雪茄，竟然是產自古巴這樣極不自由的國度，就像長輩在這樣看來已經該離開女人很遠的人生卻如此的渴望愛情。

半頹廢男人靜靜的抽著雪茄，想著身旁的長輩擁有的是怎樣的一個人生。在他認識的朋友裡，長輩並不算最富有，即使他的生活排場看來堪稱是品味富豪。

在紐約、東京、舊金山、上海、北京和台北都有房子，陽明山那別墅裡還有個小高爾夫球場，酒窖裡的收藏也早是名聞國際的傳奇，更別提他那車庫裡的二十部超級跑車了，但是，他的生活卻低調到不行，半頹廢男人從來沒有看過他的名字見報或上電視，在網路上google他名字的結果也都是「資料筆數：零」。

半頹廢男人也知道，他手下一家工廠也沒有，但是他一手創辦的貿易公司一年可以做二十億的生意，整個公司也不過五十個人，平均每個員工一年做四千萬的業績，這個數字比登上哈佛經典個案的利豐集團更漂亮，而且長輩的公司死不上市，所有的資產都是私人的。

「那你這十多年來的性需要都怎麼解決？」半頹廢男人決定也故作優雅的問了長輩這聽來有點難堪的問題。

「就沒有啊，一直忍著。」長輩的語氣又回復平靜的說。

「忍？那你沒有去找別的女人嗎？」半頹廢男人不死心的追問。

「我是有個交往十多年的女朋友，但是我們不上床做那件事的。」長輩說。

屁，打死他也不信，一個男人和女人在一起十多年沒那回事。

「為什麼不做？」他馬上咬著這句話追問。

「因為這幾年大家都忙著工作啊，她是我的得力助手也是我徒弟，從十多年前她三十五歲進公司，我一路帶她教她，她等於是業務部門的第二號人物，現在整個業務部門都聽她的，你知道，我們這一行，常常忙到連呼吸的時間都快沒有，她在全世界到處飛來飛去，這十年來，我們常常一個月見不到一次面，而且……」長輩的表情和語氣忽然又高潮起來，半頹廢男人看著他的眼神，知道這老人開始在編故事。

「那你們見面都幹些什麼？」他又追問長輩。

「好吧，我老實招了，我們有做愛，不過都是很制式很草草了事的那種，她是那種女強人型的，我們那件事滿無趣的，久了，就只是滿足性需要，根本沒有愛的感覺。」長輩像個做錯事的小孩把頭低了下來。

「我這十幾年來的人生其實很慘的，從外表看來我很幸福，創業成功，老婆能幹，小孩也從國外名校拿了MBA學位回來開始接班，我也慢慢準備交棒和退休了，看來有錢有閒的黃金人生，但是……」長輩的語氣越來越低沈，像走到了人生的黃昏。

半頹廢男人知道，長輩的難過，是因為他的人生是如此貧窮，貧窮到什麼都有，就是沒有愛情。

「我老婆是武則天，我情婦是女強人、男人婆，一個管了我的錢，一個管了我公司最重要的業務命脈，這麼多年來，我卡在兩個女人中間真的生不如死。」長輩開始苦笑，但是情緒顯然還壓抑著。

「為什麼你老婆是武則天？」一半頹廢男人從沒聽他這樣說過他老婆。

長輩告訴他，當年是老婆逼他出來創業的，創業的資金也是老婆去籌來的，因為算命的大師告訴老婆，他如果四十歲前不創業就是一輩子當夥計的命，而且老年會失業窮苦一輩子，於是夫妻兩人就咬著牙創了這家公司。

從第一天起，老婆一直是這家公司的董事長，大大小小的事都她管，她就像這個小公司裡的女皇帝，從創業第一天開始兩人沒日沒夜的打拚到今天，兩人共同創立的公司看來成功了，但是婚姻也早已名存實亡。

後來，他和女業務主管的事情老婆也知道了，但是又因為這女人手上掌握著業務的關鍵資源（其實也是他一手傳給她的），所以一直沒有發作，一直忍到今天。

「剛開始那幾年，每天一起床，上班前老婆一定會騎到我身上來，面無表情的要我和她來一次。」長輩像是在回憶一件極痛苦的事。

「為什麼？」

「為了怕我會和另一個女人來，你知道，那種沒有愛的做愛有多痛苦嗎？每一次都讓我覺得自己被強暴。」長輩口氣有點不堪回首的說。

那一陣子，長輩覺得自己活得像天天被榨乾好幾次的甘蔗，早上被老婆榨過之後，中午和晚上還要向另一個女人「交差」，因為她也不願讓她碰他，那時候的他，就像一條被兩個女人各拉著一頭的拔河索，兩個女人不面對面的較勁，卻把他的陽具當成一個對決的戰場。

「總之，走過這樣的人生之後，我現在什麼也不想了，只想在人生結束之前，找到一個真的愛我的女人好好愛一場。」長輩吐著雲彩，也吐訴著他此刻對人生的期待。

不過，半頹廢男人還是不能理解，這老人為什麼會想用包養的方式去找到他一生一直在尋找的真愛？

他真的想不通，也不覺得這是辦法。

但是他也馬上又很人性的想到，對人生時光有限的老人來說，這可能是最有效的辦法吧，他看來什麼都有，就是沒有時間了。

所以，他才會想到用人生僅有的一切來交換愛情，像財富和聲譽與身為一個男人最後的優雅。

半頹廢男人的內心，忽然莫名的哀傷起來。

妳的乳房是我的心房

車內，半頹廢男人和她在一片黑暗中擁吻著，他感覺得到她體內的慾望像是快越過防洪警戒線的潮水，而那飢渴豐潤的兩片溫熱細軟，正對著他持續散發著默許的訊號。

他知道，那不只是默許，於是把手趁勢伸進她的胸口。

她開始不由自主的呻吟起來，一開始，是那種很壓抑的低吟，但是在他的持續愛撫下，那壓抑於是累積了她怎麼也忍不住的巨大歡愉，於是，她催情式的嬌喘和低吟逐漸轉成狂放式的詠嘆，伴隨著扭曲的天堂表情，在激情無處宣洩的情境下，她只得咬著他赤裸的胸口，把他的胸肌咬出了一口口的齒印。

他卻一點都沒感到疼痛，只覺得自己怎麼也無能為力去抗拒這一刻和她在情慾大海裡的隨波逐流，他想，即使在這一刻死去，他其實也願意的，這何其美好的愛情啊，把慾望都變得如此神聖而讓人如此的心醉神迷。

半頹廢男人於是了解自己的愛情是如何的一件事了，他想起和愛人曾經的千萬次的美好性愛，如今，不需要再用愛來為這些性和慾合理化了，即使他曾經無數次的對自己和對她說，每一次進入她的身體時都是起因於想把愛情注入那體內的合理衝動。

所以，他總是如此的用一種極含蓄甚至是自欺欺人的自言自語來為每一次的性愛做註解與合理化，一直到這一刻，他含著她的舌，緊握著她乳房的這一刻，他告訴自己，是的，這就是他的愛情，一個飽滿完整的愛情，他是如此的渴望要她的靈魂與肉體，無關是為了愛而性，或是因為美好的性而深化了對她的愛。

多奇妙啊，他又一次認識了自己的愛情的另一番面目，曾經一直以為自己的愛情和性可以分得清清楚楚的他，曾經和那無數女人談進彼此靈魂深處卻什麼事也沒發生的他，也曾經和為了滿足性慾而和女人在床上盡情荒唐的他，在這一刻才了解，原來，那些都不是愛情。

現在，他知道，他的愛情不是可以忍得住的性慾，他當然也無法滿足那種只撫慰了肉體的性慾征戰，他的愛情就是一種自由，一種讓身心靈完全得到解放和滿足的自由，他想愛她的一切，用靈魂用肉體用生命的每一公分和點點滴滴。

「我的胸部摸起來感覺像什麼？」她感覺到他的出神，忽然這樣問他。

沒有多一秒思考的，他腦海中忽然浮現出一顆血紅狂跳的心，質地如她的乳房那樣的富有生命力，握在手裡仍堅定執著的狂跳著，像是一顆活在愛情裡的心臟。

他知道，那是一顆由兩顆心合為一體的心臟，是她愛他的心，也是他愛她的心，當他把這顆心捧在手心時，整個人是那樣無能為力的在膜拜愛情。

於是他吻她吻得更深情而急切，也更熱情的愛撫與擁抱她。

「像是在摸著我們的心臟，親愛的。」他的手仍然輕握著她胸口那片雪白溫軟，他知道，即使眼前是一片黑暗，他的手仍感覺到她乳房那一切的美好。

他知道，她是他的一切，如同他是她的一切，這一刻和永遠。

無法逆料的下一秒孤獨

愛情的流放記憶

半頹廢男人在夜裡醒來，腦子有一種悶悶的感覺，不是痛，而是一種很難形容的不舒服，不舒服到他無法再讓自己在夢裡多待一秒。

他於是像往常半夜醒來那樣，給自己一、兩分鐘的「儀式」，下床，洗了個手，喝幾口水，又站在落地窗前凝視了深夜裡的101和世貿大樓一會兒。世貿大樓不知從什麼時候起在頂樓佈置了很詭異的燈光，在夜空中血紅的閃亮著，像一棟大樓被當頭淋了一盆鮮血或番茄汁，每每讓他看得出神。

然後，他知道過了一會兒之後，他就會回到床上試著努力睡著。

但是這一夜，他卻凝視窗外特別久。

他在思索自己腦子剛剛的那種感覺，他知道那不是因為睡前喝的那些酒所造成，以他酒量，那些酒還不至於讓他那樣。

他想，應該是自己刻意想閃躲什麼樣的記憶造成的。

他想像自己的腦子像一片大海，生命中許多新的或舊的記憶就像潮浪在腦子裡起起伏伏，正常的情況下，這些記憶應該是很自然順暢的來了又去，該想起的就想起，該忘記的就忘記。

但是，一旦他有意識或無意識的去閃躲一些特定的記憶時（特別是那帶有某種情感的，比如愛情記憶），那這腦裡的記憶潮浪就不會正常的流動了（像是那些帶著情感的記憶流被刻意關上了開關那樣）。

他想，也許那些自己越是想忘記的記憶會在自己越刻意不去想起的情況下越鮮明，即使那一刻他在自己腦子的世界裡對這些記憶故意視而不見，他騙自己刻意不去看這些記憶，這樣，這些記憶就不會看他（就好像在路上遇到一條惡犬，如果不去對上眼就沒有被咬的危險那樣），他知道，這其實是一種可笑的自欺欺人行徑；但是，另一方面，他以為那記憶是在他腦海裡的，所以，如果他想要想起便能想起。

但是，另一個讓他不解的情況是，一旦他感知到自己的腦海裡有這樣的情況時，他知道刻意去閃躲這些記憶只會帶來更多痛苦時，他試著改變策略，想辦法去面對這些記憶時，卻又很難想起那些記憶是什麼，他試過，很用力的想，越想，那些本來就不知為何變得模糊的記憶就會越不清楚，是的，越想越不清楚。

因此，他腦子裡那些像個謎的記憶就變成這樣難以形容和言說的存在，一開始，他以為這些情愛情記憶是在的，他知道只要每次翻起這些情愛記憶就會讓他痛，所以，他刻意讓自己的腦子去閃躲這些，只要念頭一起來就一棒打下去，像打地鼠遊戲那樣（偏偏，在冷不防的下一秒，那情愛記憶就會從腦海中升起，搞得他心神非常勞累，那種感覺就好像自己的腦子全天候二十四小時出現無預警的大大小小火災，只要舊日情愛之火在腦海心中升起他就得用理性去滅火）。

但是腦子是有自己生命和脾氣的，它一旦知道自己被刻意用理智來控制（為了免於情感造成的痛和傷害，算是一種自動防護機制），腦子就會任性的發出不舒服的訊號，悶悶的讓半頹廢男人睡不著覺，這時候，他知道自己不能再壓抑這些情愛記憶了。

但是當他試著用另一種方法，來面對這些每每想起總讓他痛的情愛記憶時，卻更惶恐的發現自己對這些情愛記憶的細節早已失去，他甚至忘了那愛過的容顏和天堂地獄般的愛情曾經，儘管那些聲音和畫面他一直以為自己一輩子不可能忘掉的。

這一刻，半頹廢男人的腦海，成了一處情愛記憶的流放所，不著天也不著地，他假設那些愛過的記憶和心情都在，它們只是藏在腦海的一角，本來不想找，後來卻才發現自己根本找不到，為了讓自己好過點，他只能假設這些愛過的記憶都在，自己的人生並沒有失去什麼。

他又看了很久的夜空，忘了愛情，也忘了自己。

愛，並沒有忘記

忘記一段愛要多久的時間，半頹廢男人的答案是：「一輩子。」

他其實很怕面對愛情裡的自己，永遠是那樣脆弱悲情而蒼白無力，而當他每每回顧再久遠的愛情，都是那樣無比的自憐，他痛恨自己在愛情裡的無能為力和痛不欲生，但是也知道這才是愛情最殘酷而真實的原形。

他知道，當那曾經愛過的人再站在他面前時，那分離得再長遠的時空都會變得毫無意義，他心裡那原本自以為淡掉的愛的記憶，立刻又會重回到昨日的鮮明，一顆曾經愛過的心會從失了血似的蒼白又再度變得血紅火熱，那愛情就會馬上這樣霸道的重新回來佔領他，不管這愛情走得有多遠。

對於愛，他是如此的清楚並記憶清晰的，事實上，他並沒有愛上和他曾經生命交會過的每一個女人，即使彼此有多親密的肉體關係，他知道，愛情是他生命中的稀有物資，是上天的恩賜（或者，靈魂的極刑），一個女人要成為他的愛人有多不容易，那會在內心愛情角落留下的影子和名字，一旦烙印了，就不是他一輩子可以抹得掉的（其實，他也不願去抹掉，即使他知道忘不掉一段愛是多痛苦的事）。

半頹廢男人知道愛情多難，它永遠會是這樣神奇的來與去，求不來也躲不掉，永遠帶給他極大的快樂與痛苦，讓他活在天堂和地獄，而這樣的深刻，也是讓他總無法忘記愛情的原因。

日日夜夜，他總是在心裡對著死去的愛情流淚，以淚水灌溉那看來已乾枯死去的愛人背影，那個曾經讓他那麼快樂，又讓他如此難過的人影，每一滴淚水都把這影子在心裡烙印得更深。

草地裡的蛇

「我可以抱你嗎？」她忽然這樣對半頹廢男人說。

他是個二十五歲的女生，以前聽過他幾次演講也採訪過他，剛走進酒吧時，他根本沒注意到她。

一直到他一個人在位子上坐了一會兒之後，他忽然看到她笑著拿著一杯紅酒走了過來。

「不認得我了嗎？很久以前……」她試著提醒他那久遠之前的記憶。

他於是想了起來那次在星巴克的長談，本來是一次很正式的採訪，後來聊開了之後他竟然變成她的愛情顧問，幫她分析男人的心裡在想些什麼。

「總之，這天底下的男人沒有一個好東西，現在是好東西的男人，將來也一定會變壞，喔，應該說，這地球上只有兩個好男人，一個已經死了，一個還沒出生。」他還記得他這樣跟她介紹男人這種動物。

之後，就沒聯絡了，老實說，這一眼，他也真的滿沒什麼印象的，如果不是她一直試著喚回他的記憶，他不可能在這昏暗的酒吧裡認出她來。

儘管是個長得滿辣的長腿妹，但是，這家酒吧裡出入的辣妹實在太多了，他早就免疫了，在這家店喝酒喝了這麼多年，他總是一個人躲在邊邊角角喝波本抽雪茄，從來沒去跟誰搭訕過，他一直知道自己是個害羞又臉皮薄的人，在這家店裡，他只是個孤獨又孤僻的風景。

確定他記得她之後，沒等他開口，她就大大方方的自己在他旁邊的位子坐了下來，完全沒有熱身的又聊起了她的愛情，她告訴他，上次和他聊完之後很有收穫，一直想跟他再聊，但是又怕這樣太冒失，想不到今天能在這酒吧裡遇到他，她也正好有事要請教他。

她說最近這一段情勢很不明朗，那個男生一直不表白，她不確定是他有別的女人或是不那麼喜歡她，但是又偶爾會約她去吃飯看電影。

他笑了笑，要她別想太多，見招拆招就好，「如果妳能做好失去他的打算，那妳想怎麼做都無所謂了。」他像個哲學家式的點了她這一句。

她忽然就哭了起來，用額頭輕輕撞著吧台，她知道他說得對，但是卻又沒辦法面對失去他的痛苦，看她哭成那樣，他有點不忍心，於是又跟她說，那就主動跟他表白吧，至少能得到個明確的答案，不用忍受現在這樣不明不白的痛苦。

她又哭得更傷心了，於是要求抱抱他。

「放心，就像在抱我爸一樣，我沒別的意思。」她看半頹廢男人的表情有點遲疑，想讓他安心。

於是他大方的在大庭廣眾下抱了她，像是一個爸爸在安慰一個失戀的女兒一樣。

他心裡其實是異常平靜的，這讓他相當的意外，兩人差了二十歲，他竟然真的對懷抱裡那無敵美好的青春肉體完全沒有感覺。

於是那個晚上他和她就這樣抱了十幾次，邊喝邊聊，她常常就這樣情不自禁的自動抱了過來，慢慢的成了一種習慣動作。

他也坦然安心的像抱女兒一樣的去抱她，儘管心裡有點微微的不安，他想著整個酒吧裡會怎樣看待他，不過，因為心裡沒鬼，他也就越抱越沒感覺。

他忽然想起生命中曾經和女人有過的擁抱，沒有一次像這一次這樣的平靜安然，他一直對女體的感覺敏銳而強烈，不管和什麼樣女人的歡愛擁抱都讓他非常的心醉神迷，特別是和愛人做完愛之後相擁而眠，那一直是他腦海中無比幸福的記憶。

但是，此刻懷中的青春女體卻沒有為他帶來慾和愛，他不禁好奇自己是怎麼一回事。

他真的是對她沒有感覺？還是刻意壓抑或欺騙自己？還是他真的老到對女人失去了性趣？想到這些，他越想越不清楚，心中也有了越來越多的迷糊和恐懼，他怕他真的失去了性的慾求和興趣，但是也知道自己真的不能對這比他小二十歲的女生有什麼想法，他更知道一旦有什麼都會是兩個人的痛苦與災難。

但是她顯然沒有感覺到他心裡這些解不開的思慮和問號，只是一直和他聊，和他擁抱，和他一杯接一杯的喝。

「妳喝太多了！」他討厭自己這樣的婆婆媽媽，但是真的怕她喝掛。

她竟然很聽話的點點頭，不過眼神已經有點迷濛。

「好，我不喝了，你送我回家，這麼晚了，我怕遇到壞人。」她好像在唸一句早寫好了的對白，想和他條件交換。

「我不能開車，送妳上計程車就好，幫妳記車號。」他開始覺得事情有點麻煩，想閃。

「不要，求求你，我住在新店，真的很遠，你就當照顧個晚輩吧！」她拿出這樣讓他無法回絕的長輩帽子往他頭上扣。

他只好陪她上了計程車。

一上了車，她就醉癱了，他很怕她會吐，連忙跟計程車司機要個塑膠袋。她卻乾脆把整個人交給了他，整個人大大方方的躺進他的懷裡。

他心裡開始在跳鎮暴操，一邊想起她剛才一直說的那一句：「就像老爸對女兒那樣的擁抱。」像是在幫自己快失控的肉體和靈魂打強心針。

他看見司機的眼神在照後鏡裡鬼鬼的笑著，一低頭，也看見她在他懷裡鬼鬼的笑著，他忽然覺得自己像走在暗夜森林裡那樣的恐懼和孤單。

「放心，我沒醉，我很清醒，我只是想要你來抱我。」她乾脆直接向他這樣表白。

話還沒說完，她兩片唇已經貼了上來，他在還沒搞清楚狀況之前，閃電式的別過頭去，害她吻了個空。

但是，她並沒有放棄，也馬上用閃電的速度架住了他的脖子，鎖定了他的唇，就這樣在一片黑暗中吻了他。

他於是馬上沒有了閃躲的念頭，他覺得自己整個人正進入一種極不安的快樂裡，他知道自己此刻正被一個比他小二十歲的女生狂吻著，不管她是醒著或有點醉，但是他知道自己已經醉在這片美好裡。

但是，在他越沈溺在這快樂的同時，他的理智卻不斷的對他發出撤退訊號，告訴他自己負擔不起這樣華麗的愛情，想到這些，他又覺得自己吻不下去了，原本忙碌的嘴唇和在她胸口游移的雙手也馬上停工。

她當然不會放過他，一感覺到他的唇停工，馬上又吻他吻得更用力，去勾引他再犯罪的衝動。

於是半頹廢男人就陷在這樣一片天人交戰的激情裡，一下在天堂，一下在地獄，不知如何是好。

馬甲女王的愛情最後逆襲

半頹廢男人熟練的解開她的馬甲，多情且溫柔的進入了她身體和靈魂的最深處。

她極度歡愉的呻吟著，用一種非常難以描述的方式來告訴他，此刻的她有多快樂。

他不知道那是她在歌唱或是呢喃，他更聽不出那芳香的喘息是痛或舒服，或者，兩者都有吧，他更無法確認那讓他心醉又神迷的天籟到底來自她的體內或喉間，他甚至不知道自己此刻是不是在一場夢裡。

他看著她聽著她，覺得眼前的她化成了一座教堂，包容了他對情慾愛最無保留的告解，讓他情不自禁的想把自己不斷的深入她的體內，如同把自己投入一片大海那樣，在一波波的高潮中浮沈著，一直到體內最後一波的巨浪來襲。

半頹廢男人覺得自己被這巨大的愉悅滅了頂，依稀聽到她同步的極樂高音詠嘆練習。

他再張開眼睛時，眼前是一張她滿是汗水的臉。

她的長髮像水草一樣貼在一身雪白的肌膚，從額前到胸前，活像個剛從水裡撈出來的小美人魚，他知道，他剛在她身上有多用心和用力。

「生日快樂！」她忽然笑著對氣力放盡的他這樣說，邊愛撫著他的身體。

他笑了笑，感覺有點累，其實今天是她的生日，他是她的生日禮物。

他於是也無限愛憐的拭去她滿頭的汗水，雙手順勢滑過她的胸和她的背，感覺她一身的汗還不斷的湧著，好像在訴說她體內沒有消退去的情慾。

他情不自禁的用多情且貪婪的唇舌再去吮食她一身的汗以解渴。

這是半頹廢男人和她的第一次靈肉交歡，依她的要求，他把自己當成了生日禮物送給了她，而她，也為了給他驚喜，穿上了一身的黑色性感馬甲，而且，還外帶一個讓他頗為意外的神祕禮物。

是一支細長的黑色皮鞭，被她預先藏在枕頭後面，這顯然是一場極性感的預謀，為她第二波的性愛奇襲所做的準備。

冷不防的，她忽然坐騎到他身上，像個君臨天下的女王，他忽然覺得錯亂，因為此刻自己竟然有種被愛人征服的興奮快感。

「說愛我！」她用皮鞭輕輕打了一下他的屁股命令他。

他當然要說不，要不然，這女王遊戲就會變得超無趣，就像愛情，如果沒有折磨就會變得索然無味。

「不，我不愛妳。」他嬉皮笑臉這樣對她說。

「說愛我！」她忽然有點抓狂的咬起下嘴唇，發狠的加重抽他鞭子的力道。

「喔！好痛！」他痛得大叫，覺得體內和心裡同步起了灼熱感，那是一種複雜的疼痛與快樂，讓他又再度激起了征服她的渴望。

於是，被她騎在胯下的男性決定起義，在她冷不防的那一秒把她推倒在床的另一頭，他反過頭來朝她壓了上去，現在，情勢已經改變，剛剛那位騎在他身上君臨天下的女王，現在已經變成他身體底下的女奴，以楚楚可憐的眼神祈求他的臨幸。

他於是又進入了她，在她的身體裡歷經一場馬拉松式的性愛泅泳。

在情慾的載浮載沈間，半頹廢男人腦子裡浮現和她這幾個月來相愛的種種美好，像是第一次在咖啡店裡和她的神奇相遇與相識，她明明知道他已婚，卻又奮不顧身的走進這禁忌的愛情裡，於是一路走到今天這樣難以回頭的結局。

他也永遠記得自己為什麼如此勇敢的去依她的索求要了她的身體，在千百次和她理性的抗拒和溝通之後。

是的，就在她告訴他她已經到了胃癌末期這晴天霹靂的事之後，他已經不想再壓抑什麼，他只想盡自己所能給她最後的人生所該有的快樂。

就像這一次忍了千百次的性愛，他鼓起了勇氣跳過了道德的懸崖，明知道有可能摔得粉身碎骨，他還是這樣跳進她的靈魂肉體裡。

半頹廢男人知道，此刻他的人生什麼也不想了，除了用他所有的愛來陪他的馬甲女王走完人生的最後一程。

關於酒和愛情的機會成本

半頹廢男人一直覺得，酒就像他的愛情，愛情也像他的酒。

對他來說，這是生命經驗中非常近似的兩件事，那關乎自信、態度與能力。他總認為，一個男人在經歷愛情和美酒時的那種心境和行動歷程幾乎是一模一樣的，就像過去的他，常常自不量力的過量飲用愛情和酒。

他還記得那個遙遠的年代，他在MSN的名字叫「但願大海化成酒」，在那樣對於酒和愛情充滿無盡渴望與索求的歲月，他總覺得自己可以喝下海一樣多的酒與愛情，而且永遠喝不夠，是的，那時候的他，總想喝遍天下的好酒，愛盡天下可愛的女人。

而那現在看來無比昂貴的人生成本，在那時卻一點也不覺得有什麼，他記得那時候的他是一個現在不認識的自己。

那時的他，常常喝酒喝到爛醉，卻可以馬上把自己挖開來倒乾淨，解完酒之後再喝，即使是從黑夜喝到清晨，那馬拉松式的飲酒征戰卻也無法消耗他太多的精神與肉體，不管喝得再多，他總是非常的容易入睡，有時睡到一半，性慾不自主的在夢中升起，他甚至可以和身旁的女人來一次無預警的瘋狂性愛，在酒精的作用下，兩人常常也因為這樣做得死去活來。

那時的他，常常在不同的愛情和愛人的身體裡進進出出，在每一段愛情裡來來去去，他的身心像在經歷奇妙的旅程，那時的心動與心痛都像是命定的自然律動，他可以在閃電的速度下愛上一個人，也可以在離開一段愛情之後讓自己那碎了一地的心快速復原，那時的他，根本是部無敵的愛情機器。

不過，他知道這些都已經不是現在的他了，他知道自己的身心無法再用過去那樣的方式來享受愛情和酒，他不想去猜去問為什麼，但是他知道，那都是他的從前了，他必須用另一種自在的方式來經歷這些人生。

半頹廢男人想到自己這樣的轉變，也許是基於一種「機會成本」的考量，就像一個人會把自己的有形資源如時間和精神與體力，去投注到他認為投資報酬率最高的方向上。

所以，就像他了解享受愛情和酒這兩件事對他人生的機會成本越來越高一樣，他知道自己越來越沒辦法喝那麼多的酒，他的酒量也一定會越來越不好，所以他要想盡辦法去感受喝酒這件事的美好，比如，喝少一點，喝好一點。

同樣的，他也知道自己沒辦法像過去那樣容易的進入和離開一段愛情，愛情對他身心的消磨並沒有隨著歲月和經歷而減少，相反的，那愛情裡的甜蜜和苦楚都越來越是一種深刻的蝕骨記憶，愛情的成本也越來越高，他知道，他無法改變這樣對愛情越來越執著投入的自己，所以只能，愛少一點，愛深一點。

是的，愛情就是他的酒，酒就是他的愛情，現在，半頹廢男人完全了解自己必須對這兩件事徹底的謙卑。

他知道，他無法再揮霍自己的生命去錯過愛情和酒的美好，他要極度自在任性且計較的去享受自己的酒和愛情，與生命裡的每一件事。

沒有雪茄的夜晚

這幾個夜晚，半頹廢男人忽然失去了抽雪茄的欲望。

這件事讓他非常的震驚，甚至是有些驚惶的，他覺得這是一種訊號，提醒自己應該是失去生命中某種很重要的東西，但是他就是想不起來那是什麼。

他平日不抽菸，因此失去抽雪茄欲這件事根本沒人看得出來，所以只有他自己知道這件事的可能意義是什麼，這麼多年來，他失去過很多欲望，性慾、食欲、物欲和權力欲，這些慾望都曾在他的生命中片段失去過，但是從抽雪茄的第一天開始，他從沒失去抽雪茄的渴望。

雪茄一直是他最好的朋友，不管開不開心，在任何的心情下，他總會刻意保留一個完整的夜晚讓自己和雪茄獨處，一個人和一根雪茄對話，不管喝的是蘭姆、波本或白蘭地還是艾雷島的純麥威士忌，他喜歡那種感覺，和雪茄對話完之後帶著一些醉意在星夜裡飄移過一條條的街道，覺得自己活在梵谷的畫裡，這時候意識會變成一塊塊的油彩，腦子裡也沒了任何感覺。

因為是一種生活中太習慣的事，所以根本從來沒有感覺到對雪茄的依賴，一直到連續幾天沒抽雪茄了，回想起來才記起這是他有生以來失去雪茄最長的一段日子。

他認真的想為什麼，儘管不知道這件事背後可能的意義，他怎麼也想不出任何理由會遺忘雪茄，因為他一直知道生命中有雪茄的理由。

在生命越來越苦的年歲之後，他的人生其實愈來愈沒有什麼可以依賴的，一切對他來說都是不安的，不管事業或愛情，他像個航行在惡海中的水手，無法料想自己會不會在下一波職場或情場的惡浪中滅頂，因此只能依賴雪茄來鎮定他的靈魂，因為那是他生活中唯一能靜下心來和自己對話的時刻。

但是這一刻，他發現自己竟然對雪茄失去了依賴，才想起最近的人生處於一種麻木的狀態，他因為一種劇烈的創痛而失憶，也同時失去那種創痛感，接連著靈魂也失去提醒他抽一根雪茄的衝動。

到現在，他還想不起來那巨大的痛是什麼，那種痛巨大到讓他失去痛的記憶，變得麻木，也讓他忘記了自己對雪茄的依賴和記憶，他百思不得其解，只相信，自己一定是失去生命中某種很重要的東西。

半頹廢男人還是持續在尋找那讓他忘了雪茄的原因，他忘了自己到底忘了什麼，只是覺得自己的心一直在淌血，卻沒了痛的感覺。

純情詛咒

想了半天，他慢慢搞清楚自己的愛情是一場詛咒。

半頹廢男人是在傳了分手簡訊給那二十五歲的空姐之後，一個人坐在辦公室裡，看著三十六樓外的台北天空想清楚這件事的，這一天，距離兩人認識正好三個月。

經驗告訴他，如果想和女人分手，一有這樣的念頭，越快行動越好，越晚開口彼此的代價會越高。

總之，三個月看來很短，但是已經足以讓他知道，這時候結束彼此的關係會比半年後甚至三年後都來得好，而且，如果不一口氣出手，這事就會左思右想的一直拖下去，沒完沒了的。

仔細想想，這女生和過去他認識的女生比起來，各方面都滿適合他的，他怕女人煩，她空姐的工作正好給了兩人生活時空的獨立彈性，兩人靈魂和肉體的溝通也正好在蜜月期，怎麼看，都沒有在三個月後就結束這段愛情的理由。

不過，半頹廢男人自己很清楚，她不是他要的那種女人，連再愛下去都不適合，更別說是結婚。

對愛情，他也許不是很清楚自己要什麼，但是絕對很瞭自己不要什麼，這女生除了比較美，比較有心機，比較會討好男人，她其實和過去那些和他交往過又分手的女人一樣，都不是會讓他想再擁有愛情的那一型。

想想，這十年來半頹廢男人還真的認識不少女人，卻沒有一個讓他想定下來，這樣分分合合的愛情談久了，他不免會開始想為什麼會這樣。心裡的聲音告訴他，他渴望的不是這樣千帆過盡的浪漫，他不貪心，只想找到一個能讓他真的好好愛下去的女人，就這樣一路到老到死。

經歷的女人越多，他越情不自禁的去想自己的愛情為何如此，想到最後，他終於明白問題在他自己。

他太自以為是了，卻也沒辦法去忽視這樣的自以為是，或者該說他太聰明，太容易看穿人性，明明知道人性不該去試煉，但是在面對愛情這樣嚴重的事，他又無法故意讓自己偽裝失智或迷糊，就這樣情不自禁的用這種很自信的方式去經營愛情。

所以他會和那些準備一起走進愛情的女生有一些例行性的互動，比如，他會主動約她去逛街，而他的說詞總是：「我喜歡逛街，妳陪我去逛逛好嗎？」他知道，請她陪他去逛街，這種出招會讓彼此都自在些，然後一起去逛街之後，她就會成了主角，他總是順著她的喜歡去逛。

逛街這件事可以讓一個女人赤裸裸的展現靈魂，從她挑衣服的手法可以看品味，從她議價的方式可以看個性，然後，他會堅持幫她付帳，同時，他馬上會根據女生的喜好，進一步建議再去逛逛他認為的好貨，比如女生如果買了鞋子，他會強烈建議她再去逛ＬＶ。

「很多人都只知道買ＬＶ包包，沒人知道ＬＶ的鞋有多好，相信我，穿上了妳就一輩子脫不下來。」他常這樣說，那眼神和口氣像是在形容自己的愛情。

於是在他的建議下，兩人又走進LV專櫃挑了鞋子，當然，也是他付帳。

付完兩次帳之後，半頹廢男人通常已經對彼此的未來的可能有了一些想像，他並不是很在意女生對他付錢這件事的態度，反而這樣的關係如果能持續走下去，他會安心一些，至少，他用物質釋出了一些善意和情意，而這些女生也接受了。

反而，他超怕那些沒有物質欲望的女人，如果遇上那種死不接受他物質情意的女人，他常常會對這樣的感情該不該走下去陷入兩難，因為他沒辦法確定，她所要的是不是他願意付也付得起的。

女人如果沒了物質欲望，男人就很難知道她到底真正要的是什麼，他知道，他真正愛的是這樣的純情女人，也超怕這樣的女人，這種女人可以不為了什麼愛上他，也可以不為了什麼就不愛他，他渴望這種純粹的愛情，但是這種愛情也最讓他沒有安全感。

他要的是這樣的愛情，很純粹只愛獨一無二的他這個人的愛情，不會因為他有沒有錢或帥不帥，只因為兩人談得來，在一起很自在很快樂，很想要擁有彼此，一碗陽春麵都可以讓兩人快樂過一天的愛情，但是他知道，要遇到這樣的愛情，真的太難了。

但是真的一遇到，他又會怕，他怕自己陷得太深，怕失去了自己，怕用再多的錢都沒辦法買回自己的靈魂，他更怕失去這樣美好愛情的傷痛，他真的不確定自己能不能承受得起，儘管活到這把年紀他還沒經歷過，不過，他就是怕，因為直覺告訴他，那會是一場靈魂的大災難。

他很清楚自己的愛情會變得如此的原因完全是他自己，他想要掌握愛情，但是他心中真正想要的那種愛情又是不可掌握的。

那些通不過他物欲測試的女生他不愛，但是卻可以在他掌握之中，而那些沒有物欲的女生卻讓他怕，他對這樣不知該如何掌握的女人沒有安全感，他不確定自己一旦走進這樣的愛情裡能不能讓彼此全身而退。

半頹廢男人看著手上剛傳出分手簡訊的手機，腦海中一幕幕翻過那些不知如何言說的過往情愛，覺得好難又好累。

他確定自己的愛情是一場詛咒。

對不起，我愛你

「我確定我喜歡你。」那女生在MSN上這樣對他表白。

但是半頹廢男人卻沒有任何開心的感覺。

照理說，一個中年男子對一位年輕美麗正妹的表白應該沒理由不開心的。

但是半頹廢男人知道他為什麼不開心。

這不是第一次有女生對他這樣表白了，而且，喜歡他的理由幾乎一模一樣，喜歡他的聰明善良和體貼，喜歡和他吃美食喝美酒，喜歡聽他用很尖銳搞笑的話對人品頭論足，更喜歡和他在一起那種自在的感覺。

「好奇怪，和你在一起我心情特別好，靈感也特別多，跟你在一起真的好開心啊，從來沒有一個男人給我這樣的感覺。」是啊，半頹廢男人還記得上個女人也是這樣對他說。

然後，她又MSN說，跟他在一起的時候，整個人的感官都好像活過來了，連性衝動都來了。

靠，怎麼會這樣？他還記得上個女人說話的方式也是如此誠實而直接，也因為這樣，他也很快的就愛上她了。

不過，女生也馬上跟他補充說，請他別誤會，她這樣對他坦白並不表示想和他上床或什麼，只是覺得他是個可以讓她放心講話的人，在他面前不用隱藏什麼，而且，她覺得說什麼心情他都懂。

她又說，她相信他不是那種會佔女人便宜的男人，她也不會和一個已婚男人有什麼進一步的關係，她就是想把這種感覺說出來，請他放心。

他其實很不放心，他不放心他自己，也不太放心她，經驗告訴他，女人在愛情來臨時往往不知道自己在說什麼。

他一直不知該怎麼回應，只任由她熱情的在MSN上把水球不斷丟過來。

這時候，半頹廢男人不由得問自己，我到底是聖人或性無能？

其實他知道，自己沒問題的，他愛女人，也非常渴望美好的身心靈情愛，但是，面對她這樣的表白，他是愛不下去的了。

他想起上次那段愛情，也有個幾乎一模一樣的開始，一個勇敢而美麗的女人主動開口向他表白。

然後，他可以預見兩個人可能的將來，他和她會進入一段快速又美好的愛情，身心靈盡情的享受交歡，之後，卻要面對更多不確定的苦與痛，忍受著極大的背德痛苦，而因為這樣的愛造成彼此巨大的傷痛，到後來，這愛與種種身心傷痛彼此糾纏消長著，走不下去也捨不得割去。

他要再走入這樣的一段感情嗎？他要這樣再傷害一個女人和自己嗎？

他知道自己是如此的渴望愛情，特別是面對一段這樣年輕而美麗的愛情，但是，他知道自己不忍心，沒種，怕死，所以也無能為力。

「謝謝妳，我也很喜歡妳，但是，對不起。」半頹廢男人終於在MSN上回了她這一句，心裡充滿不捨卻果決的。

愛情病毒

分手之後，半頹廢男人一直在努力對抗她的「愛情病毒」。

他像是在自己的大腦裡裝了一套「防毒系統」，只要想到任何有關她的事，腦子就會自動停止再運作下去，硬生生的切斷這些心情和記憶。

就好像電腦裡的防毒軟體一樣，只要偵測到任何病毒程式，立刻就會自動進行「警示、隔離、刪除」這些標準作業程序。

是的，如今的他是把對她的愛和想念當成腦海裡的一種病毒處理了，而且隨著時光流逝，這些病毒處理作業也越來越熟練，處理速度越來越快，處理的數量也越來越多，但是，他知道，這根本不是一種勝利，更不是件可喜的事。

這樣的經驗卻反而讓他更害怕，因為他發現，砍斷對她的思念像是在砍蚯蚓一樣，每砍一刀，就多了好幾個要去再砍的思念，到後來才了解，原來自己的腦子竟然是二十四小時在想著她的，只是，在他理性的控制下，那些思念看來是在一萌生時就被強迫中斷，其實，那些思念她的根都還長得牢牢的。

更可怕的是，對她的相思總會夾雜在生活大小事的思量裡，不管工作再忙，腦子裡這一秒明明在專心思考著怎麼對付工作，卻總無法自已的在下一秒馬上又想到她，如果這時候硬要花心思去把對她的思念砍斷，又會馬上讓他對工作分心，因為還要另外去思考處理如何不再想她這件事。

所以，搞到最後，想不想她都是個難題了，他生活裡的分分秒秒只在進行這些事，想她或停止想她，要如何去想她以及該如何才能不想她，到頭來，其實是醒著和睡著的每一秒都在想她。

所以，那關於她的記憶就像天羅地網般，全天候又全方位的攻擊著他的腦子，他越抗拒就越痛苦，他常常會眼前沒來由的閃出一個個電腦小視窗，重播著關於她的情愛記憶，她的深情言語和笑與淚，兩人靈魂與肉體曾經擁有過那些最深刻的美好，種種讓他心碎感傷的過往，就好像腦子裡有這樣被埋在最底層的微量元素，在兩人愛情點滴流失之後才慢慢浮現。

所以，不管是醒來或睡著腦子裡有她，分分秒秒也想著她這一刻可能在做些什麼，走過兩人曾經擁有記憶的那些餐廳、咖啡店、電影院，腦子也總不由自主的浮現她的影子，走在台北各個角落都有她。

他其實很清楚，她早已經忘了他，也有了新的愛情，他也曾在心裡千百遍的對自己說不該再想她，他告訴自己，任何對她的思念都是彼此的負擔，但是，他就是走不出來，他腦子裡所記得的，只有她有多美好。

半頹廢男人只能這樣，日日夜夜的，困在她的愛情病毒裡。

每個人都以為自己知道什麼叫做愛

「幫我的新產品想個名字。」女人這樣要求半頹廢男人，那表情堅定得沒得商量。

他忽然不知道該怎麼回答。

事實上，他真的幫她想過，只不過，經驗告訴他，她公司的事，他還是盡量不要有意見，這女人幾乎每件事都早有定見，他犯不著把自己的點子拿來當炮灰。

「你幫人家想一個嘛，點子王。」她開始對他發功，想從他腦子裡榨出一些想法。

「叫『愛』吧！」他拗不過她，於是投降。

「什麼？『愛』？這太普通了吧！」她表情非常失望，覺得他用了個爛點子來應付她。

她的反應在他意料之中，但是，他真的覺得「愛」是個好品牌，因為沒有人會想到用這個名字，而且在專利商標法上是絕對過不了關的，因為那屬於百分之百的「公共財」，根本沒辦法申請專利，全世界沒有一個地方能單單只拿「愛」當品牌，就像沒有人可以單用「書」、「水」、「人」這些「公共財」當成品牌一樣。

所以一直沒有人想到用「愛」來當品牌。

但是如果把「愛」這個字當成服務商標卻是可以的，頂多在申請品牌登記的時候用不同的名字來代替，他耐住性子這樣跟她解釋。

「這不屌，每個人都以為自己知道什麼叫做愛，一天到晚都把愛掛在嘴巴上，『愛』這個字根本不值錢了。」她越說越振振有詞。

半頹廢男人被她越說越心虛，忽然不知道該說什麼，他本來以為「愛」這個字棒極了，什麼東西都可以用愛來賣，像賣紅酒就把店名叫「愛紅酒」，賣單車就叫「愛單車」、賣瑜伽課就叫「愛瑜伽」……依此類推。

而且，就是因為大家都一天到晚把愛掛在嘴巴上，可見大家都知道也大家都需要啊，根本不用宣傳，每個人一聽就記得牢牢的，這不是很好嗎？

他想起這個社會真的到處充滿了以愛為名的品牌，像「愛台灣」、「愛馬仕」還有「大愛電視台」。

但是，當他想到「大愛徵信社」的時候，忽然再也說不出話來了。

半頹廢男人於是了解，這世界上有許多的愛其實是充滿懷疑的，就像很多愛情走到後來必須求助徵信社這樣。

是啊，愛是沒有專利權的，就像這個地球上每個人都以為自己知道什麼叫做愛。

但是，他卻越想越不清楚，到底什麼叫做愛。

一次功敗垂成的人間蒸發

半頹廢男人跟她提了這想法，她卻一點都不覺得他瘋狂。

事實上，她也認為這是唯一能幫兩人愛情解套的方式。

至少，比兩人一起服毒自殺好多了，她知道，兩人都不是那種為了愛情可以放棄生命的人，如果沒了命，還能拿什麼來愛？

他提議，兩人不約而同的在金門的外海失蹤，搞一次假失蹤，在海上登上原先安排好的接應船，然後遊艇回到金門後假裝找不到兩個人，就好像兩人在原來各自的人際世界死去了那樣。

然後，從廈門登陸，在上海會合，重新開始新的人生。

「這樣妥當嗎？」她有點不放心的問，但是心底其實已經決定放棄自己的家庭與人生。

她覺得自己好殘忍，放下五歲的兒子和已經沒感情的丈夫，跟這個相愛才不過半年的男人私奔，她知道每個認識她的人都會說她不仁不義到了極點。

但是，面對愛情，她又能如何呢？這一刻的人生，整個世界除了他，她什麼也不想要了。

而他的掙扎也和她幾乎一模一樣，身為獨子的他背負著父母的期待，活到了三十五歲覺得自己從來沒有真正愛過，一直到遇見了同年的她，明知她已婚有了家庭，終究還是忍不住陷進這背德的愛情裡。

在極端痛苦的心境下，他想出了這樣幫兩人愛情解套的方式，看來天衣無縫，除了往後兩人再回到台灣的日子遙遙無期，等於要和過去的人生完全斬斷關係了。

至於到了上海之後的身分和生活，短期內是不用擔心的，他有幾個好朋友在那邊，事先可以託人打點，前幾個月生活的開銷也可以用他戶頭裡的積蓄擋一下，而整個中國大陸用假身分的人怕不有成千上萬。

於是，半頹廢男人和她，對於這愛情的「人間蒸發」計畫就越來越當真了，每天兩人像是在搞陰謀叛亂的那樣談著各項行動細節，沙盤推演得非常興奮。

「然後，我們在中國就一直隱姓埋名到老，相依為命到死。」整個計畫看來已完全成熟的那一天，她無限溫柔深情的對半頹廢男人這樣說。

半頹廢男人也無限深情的看著她，他知道，兩人的未來人生就是這樣，彼此除了對方一無所有了，對於兩人的未來，他早已做好了心理準備。

「只是，我真是放心不下孩子，他才五歲……」她說。

半頹廢男人忽然說不出話來了，他知道自己真的沒辦法再說些什麼了，他知道，他唯一能做的，是一人扛下這愛情所得來的任何罵名。

但是，在讓一個五歲孩子失去母親和他失去一個很愛很愛的愛人之間，他真的沒辦法說服自己為了愛情變得那樣殘忍。

他於是草草結束和她的談話，回到家裡左思右想一整夜。

他想到，也許兩人在一起後會有孩子，然後，她又可能會在遇到新的愛情後放棄他和孩子。

又或者，他會有了新的愛情而放棄她。

他越想越不安，卻怎麼也想不到，在城市的另一個角落，徹夜失眠的她，也想著幾乎和他一模一樣的事。

於是，從那一夜起，半頹廢男人和她，就再也忘了提起這件人間蒸發的事，兩人只安分守己的繼續談著這段背德之戀。

謊言背後的謊言

「我覺得我真的好幸福，能遇到這樣完美的女人。」酒吧裡，兩人喝著波本，半頹廢男人靜靜聽著東尼這樣談他的愛人卡倫。

東尼是半頹廢男人的麻吉，他和女友卡倫交往這五年來的幸福甜蜜，每個人都看在眼裡，多金的科技新貴和金融圈超級美女業務員的戀情，美得可以拍偶像肥皂劇。

只有半頹廢男人知道真相是什麼，實情是，東尼和卡倫已經在談分手，只是東尼不死心，一直努力想挽回。

東尼想不出兩人有什麼走不下去的理由，一切看來都很好，看來就只差結婚這一步了。

「她也三十五了，我打算下個月就向她求婚，求婚禮物都買好了。」東尼假著一張笑臉繼續這樣對他說。

半頹廢男人忽然有種非常強烈的衝動，想要往那張假臉上送去一拳，你他×，有必要這樣嗎？這事你不說就算了，我們這樣的好兄弟，你還這樣把我當外人騙。

他也很想把自己海扁一頓，恨自己這麼沒用，不敢對好朋友說出真相，他怕傷了他的自尊，也怕傷了這段自以為是的夢幻愛情。

半頹廢男人越想心裡越不安又不爽，他想到那一天卡倫在電話裡怎麼哭著求他。

「求求你，別告訴東尼你看到了什麼，就讓我們平靜的分手吧，也別讓他受傷害，不要讓他知道我愛上了別人。」他還記得卡倫這樣的邊哭邊拜託他。

是的，他在那家溫泉旅館裡看到了卡倫和強尼，兩人正好從溫泉屋裡相擁走出來，很不巧的，半頹廢男人也認識賣洋酒的強尼，兩人是每個月見面的飯局朋友，於是，強尼笑著一張臉介紹卡倫，卡倫白著一張臉假裝不認識他，三人寒暄兩句就說再見。

撞見這事沒多久，半頹廢男人就接到卡倫電話，她坦白跟他說正在和東尼談分手。

「只是他一直不答應，所以我先自己搬出來住，讓時間來造成既定事實，但是我不想傷他，總是相愛一場，我不想讓他知道我是有別人才離開他的。」卡倫說。

於是半頹廢男人答應了卡倫，覺得她說得有道理，像東尼這麼愛面子的人，應該也不會希望自己和卡倫的事有任何人知道。

在那之後，半頹廢男人其實思量掙扎了很久，他不確定自己這樣做到底對不對。

一方面，他怕自己成了共犯，如果東尼還一直以為卡倫愛他，兩人也沒談分手什麼的，那他這不是和卡倫一起騙了自己的好朋友？

一方面，他也想到東尼的立場，如果卡倫講的是真的，那他這不是在二度傷害東尼？反正兩人分手都成定局，理由其實已經不重要，又為何不幫他留些面子？

最後，他想清楚了，裝成不知道這件事對三個人都好。

他不用去擔心傷害了誰，如果東尼和卡倫的愛情會消失，讓他不知道自己是被最心愛的人背叛，那是不是對他的傷害也會輕一些？

而卡倫也會少些壓力和罪惡感，可以順利的走向另一段愛情和人生。

半頹廢男人這樣阿Q的想著，即使明知道東尼總有一天會曉得卡倫是為什麼和他分手的，但是，身為朋友的他，至少不用在這樣的時刻傷害東尼。

「那，卡倫最近還好嗎？」半頹廢男人小心的試探著問。

「喔……，她、她很好啊，最近工作壓力大，回去中和媽媽家住一陣子。」東尼的眼珠往左邊移了兩秒，有點結巴的說。

受過神經語言學訓練的他知道東尼正在說謊，而且，他應該不知道卡倫劈腿的事，否則不可能如此表情平靜。

半頹廢男人更確定自己做的是對的決定，至少，他不用讓這個已失去愛情的男人再失去面子，對東尼這樣的男人來說，面子是比命還重要的東西。

於是，他繼續安靜的聽東尼說謊，說卡倫有多好，說自己有多幸福，說兩人馬上要結婚，而半頹廢男人心裡也越來越清楚，不讓他知道卡倫是因為別的男人而離開他，是件好事，至少他可以活在卡倫還愛他的錯覺裡。

於是，這些在謊言背後的謊言，不告訴東尼他看到和知道什麼，也算是一種仁慈的謊言吧。

半頹廢男人自我安慰的在內心對自己這樣說著。

無法逆料的下一秒孤獨

颱風來的那幾天，半頹廢男人的手機成了植物人，一直沈睡著。

他覺得不可思議，從沒有過這樣的情況，他的手機竟然超過四十八小時沒有一通簡訊或電話，倒是藍莓機整晚吵個不停，公司裡大小事沒有一件停過來煩他。

打開手機做個確認之後，他確定是家附近幾個基地台被颱風給毀了，所以他的手機一直收不到任何訊號也打不出去。

他忽然覺得自己好像一個住到山裡的人，因為日常所有的人和事，不管公與私都是靠手機在聯絡，一旦手機成了植物人，他也覺得自己失去了某種行為能力，他聽不到世界，世界也找不到他。

也許，事情並沒有他想的那麼誇張，沒了手機，他還有家裡的電話和網路，要和世界連上線一點問題也沒有，但很奇怪的，他就是很在乎手機不通這件事。

他甚至寧願是藍莓機掛掉，因為他可以暫時假裝自己離開了公司的控制，而公司要是真的有急事，還是可以透過手機來聯絡。

整個來想清楚，手機就是他個人通訊神經的巾樞，任何的訊息進出都綁在手機上，當手機掛點的時候，他也於是某種程度成了個資訊植物人，馬上被排除在一個訊息高速流動的世界之外。

原本，他可以在一個按鈕之間把電話打到地球上任何一個角落，只要他想，也可以隨時找到任何一個他想找的人，但是，現在，他卻好像一隻流浪在北極冰山裡的北極熊，被世界遺忘，也遺忘了世界。

他忽然感覺冰冷，覺得自己在這片刻無比的孤獨。

在這如何也無能為力的時刻，半頹廢男人於是關上了那其實也已經成了植物人的手機，徹底的面對自己的不安和焦慮，他決定好好面對一個只有自己的自己。

他想，這人生，真的沒有什麼是必然的，除了你永遠無法逆料的下一秒孤獨。

兩隻豹的愛情賽局

半頹廢男人像隻豹爬上了她背後那片雪白，無聲無息地，從她體後小心深情的進入。

她像隻貓四足趴在床上，忽然間，她感覺到他的來臨與深入，一股極大的歡愉在她體內於是爆發，那像是一場在她體內發生的愛情核爆，讓她整個人就這樣不能自已的垮了下來。

他不知道，這一刻，是他要了她，還是她擁有了他。

她的頭低了下來，一頭長髮大半浸在滿是汗水的背上，曲線極迷人的腰肢失控的扭著，那細白得像風中嫩竹的胳膊與雙腿開始不約而同的微微發抖，他下意識的扶住了她的腰肢，於是，她四肢馬上失去了支撐，把整個人交給了他，任他從她背後予取予求了，像一隻完全被控制住的獵物那樣。

她的呻吟在密閉的空間裡迴盪著，讓他在半刻間竟錯覺自己身處在教堂或寺廟中，而她那悅耳又挑動情慾的低吟吶喊，聽來竟然像是讓他心神安定的詩篇，半頹廢男人覺得自己的肉體與靈魂正經歷著一次極美好壯麗的旅行，這一刻，他好愛她。

他覺得，此刻自己的身體和靈魂已經完全屬於她了。

他越來越不能自已的，想把愛情送到她體內的最深處，他極少這樣的和女人性愛，卻也因為這樣給了他更大的興奮和新鮮，她也開始因為這強烈深刻的進入與離開而有了讓自己都覺得害怕的變化。

她覺得自己從一隻貓變成了豹，瘋狂的想要他，於是，一場性愛攻防開始易位，他原本自認為是隻掠奪的狼，現在，卻成了她身體下的無助小羊。

而他，竟然也很狂喜於被她這樣的侵犯和佔有，他知道，當她要了更多的他，他也等於是擁有了更多的她，他和她的靈肉越是這樣血肉交流，那愛情越是銷魂深刻。

她像失去理智般的要他，用最多情的女體包容歡愉吸收他，一直到兩人筋疲力盡，他甚至記不得他是如何昏睡過去的，只依稀記得她在來了高潮之後仍然在他身上小睡了片刻。

再醒來之後，半頹廢男人看著仍沈睡的她，邊問自己這場愛情是怎麼一回事，這是什麼？一場不知該說是誰征服了誰的愛情嗎？

第一次被她吸引，是在東區的那家瑜伽教室裡，她和他在四十度高溫的熱瑜伽教室比鄰而坐，他注意到她左手無名指戒指上那隻精工雕琢的銀豹。

「我很喜歡豹，總覺得牠是地球上最優雅鮮活的生物。」下課後，他向她這樣搭訕。

她當然沒理他，端莊有禮的笑了一下，就沒一句話的閃人，對已婚的她來說，每一個對她有好感的男人都是危險的。

不過，這反應也在半頹廢男人的意料之中，他了解豹，豹的字典裡沒有屈服只有征服，要征服這隻美麗優雅的動物，他得先假裝自己是被征服的那一方。

他於是要瑜伽教室的朋友幫他留意她每一次上課的訂位電話，盡量和她在同個時段一起上課。

歷練過業務工作的他，對認識人有一種專業的自信，在他的佈局規劃下，那女人終於在認識兩個星期後坐進了他的Jaguar XJS，是的，他知道，沒有女人可以抵抗XJS的，更何況是一位這樣對豹如此充滿興趣的女人。

而事實上，在他的記憶裡，也沒有一個女人坐進了他的XJS之後能不愛上他的，所以，她也不例外。

他一直覺得，XJS其實就是他的化身，一頭內斂卻充滿能量的豹，當他每一次決定把自己的肉體與靈魂狠狠的投進一段愛情時，他就會把讓她坐進他的XJS當成一段愛情的開始，那好像已經成了他的安全感與力量的來源，就好像把愛情獵物引進他的領土那般。

於是，像過去每一段開始於XJS的愛情一樣，半頹廢男人和她在XJS裡第一次接吻、擁抱與愛撫，還有……，在他的XJS裡，他和她開始了很多正常戀人間的第一次。

就像這一次，他和她的第一次性愛，如此美麗銷魂，但是，讓他此刻心裡無法平息和搞清楚的問題是：他和她，到底誰才是真正的征服者？他真的征服了她嗎？或許，她這樣看來被他征服的劇情，只是她征服他時的策略和設計。

也或許，愛情只是一場沒有贏家的賽局，他想。

愛人可以只當一季，只要全心全意

愛人可以只當一季，只要全心全意

「愛我吧，讓我們在一起，三個月就好。」那女人寄來電子郵件，只有一行標題沒有內文。

半頹廢男人盯著這幾個字看了半天，想確定這到底是一封惡作劇或是色情電子郵件。

是個不常見面的五分熟朋友，以前曾經短暫的同事過幾個月，之後，就成了他MSN上面的一個名字。

她後來自己創業成立了工作室，幫幾個老客戶寫企畫案作網站也兼作公關，每隔一、兩個月都會找他吃個飯，聊聊天，也聽他一些建議要他一些人脈，請他一頓飯換他幾個好點子，對她來說，看來是頗划算的交易。

他覺得有個這樣美麗又有企圖心的朋友也不賴，男人怎麼能抗拒有個賞心悅目的聊天飯友？而且相處越久，他對她越沒想法，特別是每次聽她的戀愛故事，他越來越清楚自己不是她要的那種帥又有錢的男人。

所以，看來是很放心的朋友了，她也老是在MSN上稱他是「姐妹」，他甚至完全掌握了她的月經週期和三圍尺寸以及喜愛的內衣品牌甚至喜歡的做愛方式和地點，因為她都會主動告訴他。

他知道，當她把他當越親的朋友，也表示兩人越不可能成為愛人那種關係。

至少，他是努力去幫彼此保持這種安全感的，他總是刻意在白天和她吃飯，也從來不送她回家，講話或MSN時從不使用會引起不當聯想的敏感性字眼，他知道，當她靠得越近，自己要更小心，女人如果給男人方便，男人可不能當隨便，兩性關係裡，男人永遠是某方面的絕對弱勢。

他想過，如果有一天他向她表白或什麼的時候，那也表示他不想要這個朋友了，或者，如果她向他表白，那也表示她準備要冒著兩人做不了朋友的風險了。

總之，他很清楚，一旦表白，兩人之間的關係馬上會進入一個轉折點，不是愛人就是路人了。

至少，他很放心自己，半頹廢男人知道自己對她沒有那樣強烈的感覺和需要，再加上自己的已婚身分，即使有著一奈米的想像，也馬上會在呼吸間斷了這念頭，更何況美麗聰明性感如她，屁股後多的是排隊等著追她的男人，他不想把自己這樣搞俗掉。

「我當然不排斥談戀愛啊，如果遇到對的人的話，但是，我想，那對的人可能到我死之前都不會出現吧，那也好，我就不用傷腦筋了。」他記得那天和她吃飯時，他喝了點紅酒，在很放鬆的情況下，對她說了這樣一句玩笑話。

他告訴她，以他這麼多年的經驗，他心中那個只存在於想像的愛人從來沒有出現過，他的心從來沒有被任何人偷走過，所以，放眼未來人生，他也不覺得自己的心會被誰拿走。

結果，幾天後她就寫了這樣一封信來。

在半頹廢男人看來，這根本就像一封戰書，真可怕啊，這女人，竟然這樣整他，他想，她也在等著看他怎麼回吧，如果他很認真的按下YES按鈕，她卻打哈哈的說她是在開玩笑或吊他胃口那怎麼辦？那實在超丟臉的，以他這把年紀，他愛面子是超過愛一個女人的。

該表白嗎？其實這個念頭完全沒在他心中出現過，他只是好奇，她為什麼要寫這樣一封信？她為什麼只想和他談三個月的戀愛？偏偏這又不能問，至少，他不想拿自己的面子和兩人的交情開玩笑。

其實，除了這些，半頹廢男人還有一個更重要卻不能說的理由。

他的心其實還在另一個女人那裡，即使分手兩年了，這段從來沒有人知道的愛情讓他一直痛到今天，而忍痛能力超強的他也自然沒有讓任何人看得出來他的心正受著這樣的劇痛。

是一段很深刻的感情，那之前，他也經歷過幾段戀情，都不覺得自己會有什麼問題的，每一次分手，不管誰開口，他都覺得自己的身體和靈魂都能全身而退，只留下腦海中的懷念和感激。

但唯獨這一段，他覺得自己的魂魄像是被她取走一樣，那顆心一直回不來，不管他用盡各種方法想去忘掉她。

兩年來，她的影子像個鬼魂一樣一直常駐在他心裡，他總是想她，在醒來和夢裡，腦子像是被植入電腦常駐程式的不斷重演兩人的曾經，提醒他，兩人有多相愛過，每每在獨處時刻，他就會不自主的掉淚，而那哀傷總是來得讓他吃驚。

兩年過去，他其實已經對這段愛情投降，就當成此生不會再有愛情了，所以也無所謂了，就讓自己這樣沒日沒夜的想她吧，反正他也不想去想別人了。

當這樣的時日過得越久，半頹廢男人越清楚自己原來是愛過的，也才了解愛情到底是怎麼一回事。

原來那世俗所定義的一切關於戀愛的儀式，並不一定會讓人產生愛情，濃情蜜意的對看凝視，讓人心醉神迷的情話，牽手、接吻甚至做愛都不一定會讓一個男人對女人產生愛情。

只有當男人感覺到自己的心被偷走的那一刻，他才會覺得那是愛情，可怕的是，這一刻往往都是在失去這段愛情很久之後才來臨。

就像歷經了兩年之後，半頹廢男人才恍然大悟，原來此生只真正對那個女人有過愛情，因為他明顯的知道自己那顆愛人的心已不在自己的身體和靈魂裡，所以，儘管這兩年來他仍然不斷的和女人談戀愛和做愛，那顆被偷走的愛一個女人的心一直沒有回來過。

是啊，他知道自己的愛情就此沒有回來過了。

所以，他知道自己其實已經失去愛一個女人的能力了，甚至，那個和他分手已經兩年的女人也沒能力把他的心還給他，他確定此生沒辦法再愛任何女人了。

他還是不知道該如何回這封信，看著她那不知是真心或惡作劇的標題，他想了一會兒，決定也用同樣的方式回給她，讓她搞不清楚他的意思，也可以幫自己保留個全身而退的空間。

他想到幾天前在網路上看到一句很喜歡的話，是一個小女生寫投名狀電影的，他決定拿來改裝一下。

「愛人可以只當一季，只要全心全意。」他回了一封這樣標題的電子郵件給她。

我這到底是在幹什麼？半頹廢男人邊送出電子郵件，邊這樣問自己。

在週末清晨收復內心那片失土

半頹廢男人的生活中有些小小的Quality Time，像是那些週末清晨。

每個週末清晨，他總是努力讓自己早起，不過，這件事卻是越來越不費力了，年紀越大，酒量越差，睡眠也越少，所以，前一夜總不敢喝太醉，清晨自然起得早早。

然後，像過去十多年來那樣的，他七點前出門，從仁愛路四段往三段走，走過一片樹海與大樓群，在過程中享受那種小小的幸福感。

他很慶幸自己能行走在這樣的清晨和道路，仁愛路一直是他認為台北最美的一條路。

他想過要幫仁愛路寫一本書，因為這條道路上的每一吋都有他在台北這二十多年人生的美好記憶。

仁愛路的盡頭是總統府，二十出頭的時候，剛來台北讀大學的那幾年，他幾次在那邊看過台北的晨光，曾經一個人，兩個人，也曾經很多人一起看。

再往下走會經過那家他最愛的獅子頭餐廳，那餐廳的獅子頭每顆都長得像壘球一樣大，這其實已經是食材物理的極限，能把肉丸做成那麼大顆，下鍋之後還要保持原形其實是一門特技，更別提吃起來有多鮮嫩多汁可口了。

再往下走的仁愛路，他會經過那家吃喝了十多年的台式酒館，在那數不清的夜裡，他在這裡和許許多多的朋友喝下過像大海那樣多的啤酒，也常常在這裡吃喝到天亮才回家。

總之，太多記憶在仁愛路上了，他該幫自己在仁愛路上經歷過的人生寫些東西的，他總是這樣告訴自己。

邊走著，想著這些仁愛路上的曾經記憶，他又回過神來了，像那千百個週末清晨一樣，在早上八點前走進那家咖啡廳吃早餐。

咖啡廳開在仁愛路四段的圓環邊，十多年來的樣子也一直都沒變，老美國家庭式裝潢，天花板上掛著的七彩拼花玻璃燈，很沒有空間成本概念的卡式沙發座椅（一個個都長得像肥肥的酒紅色麵包），然後，他會坐進門口右手邊的那一張大沙發。

他就這樣朝著門口坐了下來，想起十多年來曾經有哪些人坐在他對面的這個位子上。

他想起那幾個坐在這個位子上的友人敵人愛人陌生人，有些早已失去聯絡多時，有些其實早已離開了這個世界，大部分都其實已經離開了他的生活，每一次坐在這裡，他總會想起和這些人彼此有過的對話。

在這個位子上，他聽過滄桑的人生，聽過官場和職場浮沈的辛酸，聽過人生夢想，聽過言不及義的五四三，也聽過濃情蜜語，談成過幾筆生意，也在這裡曾經破口大罵那些背信忘義的騙徒。

他忽然想起，就在這同樣的位子，他竟然經歷過那麼多的酸甜苦辣人生記憶，他越想越覺得人生真有趣，看著窗外如水族缸裡魚群的流動人車，忍不住像個神經病那樣了然莞爾的笑了起來。

「先生，一樣嗎？」服務小妹以為他笑是朝她來的，趕忙友善的小跑步過來招呼。

他還是笑著向她點了點頭。

於是五分鐘後，半頹廢男人吃著十多年來一樣的早餐，一碗牛奶麥片加兩杯無糖無奶的黑咖啡，像是他最期待的人生樣態，是的，他總想要他的人生能像這早餐一樣的安靜簡單豐富。

他想起今天是台灣光復節，聽說下午城市會有一場熱鬧的大遊行，但是並不是為了慶祝半個多世紀前台灣從日本人手裡收復了失土。

在這樣的清晨，半頹廢男人坐在這裡，試著一吋吋收復那些他原來以為早已失去的人生記憶，像是在收復他內心那片最珍貴的失土。

二〇四六的偷情

二〇四六年，半頹廢男人經歷了一段難以言說的人生。

他坐在辦公室裡，看著落地窗外高樓風景，想著他的虛擬情人，那讓他對抗失去一段感情痛楚的麻藥。

他最近剛拔了智齒。

「夠本了，一顆牙齒跟著你快三十年，留下去也沒有任何好處，除了等著變蛀牙。」講話有著廣東腔的醫師，耐心的向他解釋把那顆智齒留下來的不智之處。

那就拔掉吧，請記得麻藥打多些，他面無愧色的說自己有多怕痛。

他忽然想起和他同居多年的女人，感覺也像這顆智齒，而那個在網路上和他無所不談的女人正像麻藥，讓他在面對失去她時感覺不那麼痛。

他決定向同居的女人坦白，說自己愛上了一個從來沒有見過面的女人。

但是他怕，怕傷了自己也傷了她，他很清楚這愛情現在變成什麼模樣了，就像他左手摸著自己的右手，完全沒有新鮮感，但是割了卻好痛。

而這同時，他的同居女人也正在城市的另一頭思量著。

她覺得不安，想到就要向他開口說分手，即使明明知道這段感情已經走不下去了。

本來以為，同居生活可以讓愛情變得更豐富，卻怎麼也想不到只是一直在消耗愛情。

她感覺到他有了別的女人，沒有具體的證據，查過他的手機、電腦甚至信用卡帳單，一切看來清白，但是她就是感覺不對，她懷疑他找了「偷情顧問」，二○四六年最火紅的行業，專門輔導有需要的人安全搞外遇。

其實她也找了，因為自己也老早有了外遇。

是在網路上認識的男人，兩人一見鍾情，貼心又知心，她知道，他懂她，老是寵她哄她，而那個同居多年的男人其實已經不在乎她。

她決定和他見面了，今天晚上，在城市東邊的那家旅館，赴約之前，她傳了一通分手簡訊給那同居的男人。

她想，此刻的他應該如釋重負吧，終究是她開了口結束這段曾經的愛情。

她依約定的時間來到飯店的房間門口，感覺到自己心跳已經快控制不住，她不願說這叫「小鹿亂撞」，二〇四六年的地球已經沒有鹿這種生物了。

她知道，推開門，她就會走進另一段感情和人生。

她敲了門。

門打開，卻看到正在閱讀著她分手簡訊的他。

等愛的幽靈

那天夢裡，半頹廢男人夢見自己變成了幽靈。

他是個已經在國父紀念館站裡等了很多年的幽靈，一直等著人來愛他。

但是他是幽靈，是鬼，他知道，沒有人會喜歡被鬼愛上，所以也沒有人會愛上一個鬼。

但是人就是這樣，喜歡做一些別人看來很自虐的事，即使變成了鬼也會這樣，明知道沒有人會愛他，還是想找一個人來愛。其實，他也知道，如果他愛的人知道自己被鬼愛上了，通常不嚇破膽也會尿褲子。

即使他已經變成一個幽靈，但是幽靈的愛和人是沒什麼不一樣的，總是希望自己愛的人活得快樂活得好。

這看來真是很兩難的事，愛一個人，會讓自己快樂，卻會讓她痛苦，看到她痛苦，自己的快樂就會消失，這樣，就愛不下去了。

他常常想起自己還是個人的時候常聽到的那個笑話。

男人追女人追了很久，有一天終於忍不住問她為什麼不接受他，「我到底有哪些不好？我改。」男人說。

女人求他放過她，只好依他的話回了一句：「我到底有哪些好？我改。」

每次想到這笑話，半頹廢男人就會想到自己的愛情。

他有時會無聊到躺到軌道上睡個午覺，讓捷運車廂在他身上穿過來穿過去，有時，他也會飄進列車廂，上去看看有沒有那種會讓他一見鍾情的女人。

不過他最常待的地方還是靠光復國小的那個出口，那是國父紀念館站人潮流量最大的所在，他常蹲坐在那個大理石扶手上面看人，看到順眼的女人還會跟在她背後陪她走一段。

但是幽靈是無色無味的，沒有人看得到幽靈也沒有人聞得到幽靈，這時候，問題來了，他該怎麼對他喜歡的女人表達愛意，讓女人感覺得到他的愛？

他想了很久，決定把自己的愛藏在風裡，不管是在地鐵站裡還是地鐵站外，只要看到自己有好感的女人，就會隨著風飄到她身邊示愛。

他想，這是最自然又不會嚇到這些女人的方法，沒有人會對捷運站內外四時飄動的風感到意外。

有時，他會混在列車進站的風裡，去輕撫她的髮梢，有時，他會化作站外的一陣強風給她深情的擁抱，有時會一路吹動她的裙襬送她一程。

他很得意於自己這樣的創意，讓身為幽靈的他能很技巧的解決求愛問題，把自己的愛意傳出去，又不會嚇到自己所愛的人，即使，那愛意只有他自己感受得到。

但是，他覺得很滿足了，讓愛情在心裡自我完成，女人愛不愛他，反而不是那麼重要了。

他還是不時的出現在國父紀念館站守候愛情，在四時飄動的風裡，訴說一個等愛幽靈的苦悶與期待。

沈默的愛人

半頹廢男人開始覺得不安，這個三十五歲的男子，站在劍潭捷運站的月台，準備迎接這一生的第一次出軌。

在他腦海裡，她是個虛擬愛人，有時候他甚至會懷疑，這女人根本不存在這世界上，只活在於網路和手機裡。

一開始，他對這段愛情是抗拒和掙扎的，因為覺得自己是個腦筋清楚感情穩定的成熟男人。

「沒有愛情的人生是一場誤會，有愛情的人生是一場災難。」他還記得，自己部落格剛開張那一天，首頁上寫著這句話，活像是一句給自己愛情的墓誌銘。

他無法想像自己的愛情變得不忠誠，也一直覺得自己這一生除了老婆之外不會再愛上別的女人。

一直到她在他的部落格上留言。

「其實，愛情只是一種消耗品。」她的這句留言讓他心頭一震，感覺自己遇到了知音，他想，自己遇到了一個只想曾經擁有不想天長地久的浪漫對手。

但是，他還是很理智小心的用文字和她來往，一開始，兩個人都守得還好，總是輕鬆愉快的聊些五四三，但是日子一久，彼此的感情在若有似無的聯絡下慢慢加溫。

除了在部落格裡用悄悄話留言，傳簡訊的頻率也越來越高，不過，彼此就是不會想跨過這層「虛擬情人」的界線，儘管那文字裡的愛意已經到了生死相許的誇張肉麻程度，他覺得，她應該也樂在其中。

直到有一天，半頹廢男人受不了了，他覺得自己此生不會再遇到這樣懂自己而自己也能懂的女人了，在文字往來半年後，他終於打了電話，準備和她開口說第一句話。

電話接通了，卻是一片安靜。

他不死心，又打了幾通，聽到的，還是一片死寂。

他想不通，為什麼她不接他電話，整個人為了這件事悶了好幾天，心情壞到了極點，而她的簡訊和部落格留言也在這時候同步停了。

是他打電話這件事得罪了她嗎？還是他自己壞了兩人的遊戲規則？他越想越為了自己的魯莽自責，接下來幾天，拚命的傳簡訊和到她部落格上留悄悄話道歉。

但是總沒有她的回音。

如此過了兩個禮拜，他覺得自己快爆炸了，他很清楚的知道，自己活了三十五年，從來沒有如此在乎一個人想念一個人，於是，他很確定，自己真的愛上了她，即使必須和老婆分手。

「對不起，我想通了，我必須告訴你真話，即使可能會因為這樣失去你。」

經過兩個星期漫長的等待，他的手機上，她又回來了。

「我是個啞巴。」她應該是下了很大的決心才傳了這幾個字給他。

「我們到這裡吧，謝謝你給我這段美好的記憶。」他甚至可以想像她在打這段字時是含著眼淚的。

他也哭了，他回傳了簡訊給她說，他不在乎，他愛她，不管她能不能說話。「讓我們見個面好嗎？在劍潭站，我帶妳去吃夜市。」他鼓起勇氣又從手機傳了這一句。

於是，他和她約定了這一次的劍潭等待，他好興奮，好期待，準備迎接此生第一次的出軌和自以為是的愛情。

這一刻，他其實不知道，自己其實又要面對另一次的傷心，因為她根本不會來。

更如果他知道，他老婆其實就是她的話，鐵定會傷心到爆。

愛恨生死輪迴

事情說來有點複雜，簡單的說，就是半頹廢男人被十年前的自己給殺了。

每天有很多人死去，在台北，一個三十多歲中年人的死根本不是新聞，特別如果他的死法又不是很奇怪的話。

但是如果有一家媒體知道他是怎麼死的，再仔細清楚的把整個故事寫出來，套句媒體人常用的說法：「會是很有賣點的好新聞。」

半頹廢男人，三十八歲，住在永和，未婚，事實上他兩年前才因為特赦出獄，在這之前，他在牢裡服刑八年，至於他犯的是什麼罪，這人很少向人提起的，因為他知道那是他心裡一個永遠好不了的傷口。

這兩年來，他慢慢適應了新人生，在台北東區附近找到一份保險業務員的工作，他越來越喜歡現在的自己，除了每天接觸新的人，訓練自己再回到人群社會，再學習人和人的互動，也可以得到讓自己溫飽的收入。

這一天，半頹廢男人如往常的每天一樣，準六點就在頂溪捷運站上了電車。可能是前一天喝多了，他一上車又不能自已的昏睡過去了，睡夢中，他又想到那個十年來一直出現在他腦海的惡夢。

再醒來時，他被眼前的畫面嚇壞了。

那惡夢竟然成真。

他看到十年前的自己，正和當時的女人坐在自己身旁的位子上，三個人就這樣呈三角形坐著，而那個十年前的自己正緊貼著自己的身邊坐著，手上抱著一個公事包。

他知道那是自己，也知道兩人正為了分手的事冷戰著。

二十八歲的自己，第一次要面對失去愛情的錐心刺痛，他清楚記得自己當時的心情，萬分不捨又悲憤的。

他更清楚的記得，那把藍波刀就放在身旁不遠處的公事包裡，他知道，再來兩人談判會破裂，他會拿出這把刀威脅她要同歸於盡。

半頹廢男人不敢再想下去了，他覺得自己心臟快停了，全身直冒冷汗。不行，他必須制止這個十年前的自己，十年前他就是因為幹了這蠢事，把他最愛的女人在電車上殺了，才變成今天這樣的人生，整整八年都在大牢裡度過。

他決定了，不能再讓悲劇發生一次，他要救這女人，也要救自己的人生。

來不及多想，半頹廢男人的手立刻伸向十年前那個自己手中的公事包，準備把刀子搶過來，預防這悲劇再發生。

他不太靈光又有點遲疑的動作，讓那個十年前的自己起了戒心，起身閃躲他的搶奪。

「別幹蠢事，趕快把刀子給我。」他急得不顧一切，兩手死抓著公事包。

那個十年前的自己也於是抓狂，開始和十年後的自己起了一場奪刀惡鬥，拉扯間，藍波刀竟然被猛然地拔了出來，又在一陣混亂之後，陰錯陽差的刺進他的胸口，那個十年後的自己。

兩個他都不能相信自己眼前發生的事，十年前的自己看著沾滿鮮血的雙手，現在的自己看著那個殺了自己的自己，車廂裡，女人的驚呼求救聲不斷的迴盪著，那感覺，像是在山谷裡求救，聲音慢慢淡出知覺，他慢慢的聽不到，整個人的生命系統於是就這樣關閉。

在知覺還留在他腦內的最後那幾秒，半頹廢男人其實已經接受了這一切，是命吧，至少，他該高興的是，死去的，不是十年前的那個自己。

「起碼，自己在這次的意外中多賺了十年的人生。」在生命的最後一秒，他竟然這樣慶幸的對自己說。

記憶地圖

離婚之後，半頹廢男人一個人搬到了土城。

前妻去了香港工作，兒子飛到美國讀高中，一個家就這樣碎了，每個朋友都為他覺得心酸。

在這個人人把家庭當成人生成就指標的社會，他的故事於是成為親友間的八卦和引以為戒的傳說。

「你看看他，多不容易啊，花了大半輩子人生打造了一個家，就這樣毀了。」離婚那一陣子，這句話像病毒一樣在朋友間傳來傳去，卻沒有人敢在他面前說。

他很清楚自己的內心走過哪些路，努力要自己別在意背後的指指點點。

其實最困擾他的並不是這些流言，從離婚到現在，他最無法面對的，還是那張地圖，二十多年來，他意識裡已經有張生活地圖，這張地圖總讓他每天無法乾脆爽快的走出土城站。

他清楚的記得，那些年，每天一早，他總會帶著兒子從木柵站上車，送他上學之後，他再轉到民生東路的公司開始一天的工作，下班後再依早上來的路線接兒子回家。

他已經忘了這樣的生活過了多少年，整個生活流程已經自動化，他不需再花任何腦筋。

那天，當老婆向他提出離婚要求的時候，他腦海裡第一時間出現的，竟然不是哀傷，而是這張地圖。他知道，地圖就要重畫了，這讓他超級的焦慮恐懼，說不上為什麼，就是一種直覺，無關理智，他就是怕，他不想改變這樣已經過得很習慣的人生。

此後幾個夜裡，他在腦海裡不斷的自我檢討批判著，他到底怕的是什麼？想了很久，他於是知道自己怕的是回不了家的感覺，不想去面對自己的慣性和惰性。

家是這張地圖的起點和終點，從打開家門口出發，每一天他所期待的，就是下班後再打開家門的那一刻，也許這幾年來，迎接他回家的那種感覺越來越冰冷，但是他總是騙自己也許情況會有好轉的一天。

一直到老婆跟他開了口，他努力對著這張生活地圖想過幾遍，整個人於是有了不一樣的念頭。

他告訴自己要面對自己的懦弱，他對這個家的種種不捨只是害怕改變，現在改變已經來了，就要去接受，他無法改變這些改變，所以只好改變自己，他要勇敢的去過新的人生。

就這樣，說服自己之後，他答應了老婆離婚的要求，給她也給自己新的人生，讓他覺得意外的，反而是兒子不哭不鬧的反應，想來這幾年和老婆之間的種種小孩都已經看在眼裡。

為了改寫自己的生活地圖，半頹廢男人搬到土城站附近的公寓裡，每天還是搭著捷運上下班，一開始，他還覺得真不習慣，每天下班，兩隻腳就會不聽使喚的走向那張舊的生活地圖，往木柵老家的方向移動，他也只能一忍再忍。

一直到今天，他在夜裡走出土城捷運站，仍然會不能自已的在站內徘徊著，他知道，是那張舊的生活地圖在呼喚他。

愛人2.0

如果你夠幸運或夠不幸，都可能感染「愛人2.0」病毒。

半頹廢男人就是這少數的幸運兒（或是犧牲者），他當然不知道「愛人2.0基金會」在科技大樓站這裡設了試點，撒了「愛人2.0」病毒，病毒在茫茫人海中尋找宿主，只要是對的人，「愛人2.0」就會乘虛而入。

根據臨床經驗證實，最容易感染愛人2.0病毒的人，通常都有很強的自覺意識，認為自己不是一個合格的愛人，大部分是好色多情又善良的男人。

像他。

他多情好色，但是卻又體弱多慾，多年來，周旋在眾多女友之間，別人覺得他超屌，他卻覺得自己活得像個豬頭，一點都沒有傳說中那種韋小寶的幸福感。

他最大的問題，就是有太多的女人愛他，而他也因為太善良而無法抗拒那些愛他的女人的愛。

於是，他的身邊一直有愛不完的女人，成了愛人收藏家。

不過，他再怎麼努力，也無法在肉體和心靈上同時滿足那麼多的愛人，這時候，有些女人就會覺醒，結束和他的愛情，自動走開，但是也會有新的愛人自投情網不斷的向他走來。

新的女人走進他的生命，舊的女人離開，他的心並沒有因為這樣感覺到快樂，他原本以為愛情會是他的人生資產，但是每失去一個愛人總讓他痛徹心肺。

他越來越不快樂，他感覺到情傷在體內像宿便不斷的累積排不出來，更覺得自己生命日漸枯萎，得到愛情會苦（和這些苦比起來，通常那快樂都小而短暫），失去愛情更苦。

日子久了，他慢慢的知道自己的問題出在哪裡，他有很多愛人，卻沒有信心有哪一個可以和他共度一生，因為他知道自己的愛情有保鮮期限，沒辦法長期愛一個人。

「歡迎光臨『愛人2.0』入口網站，請選擇您的愛情願景。」，那天他搭捷運，電車才開進科技大樓站，他的PDA手機忽然出現這樣的提示畫面，不用懷疑，這是「愛人2.0」病毒所發動的攻擊，它找到了一個無助徬徨的愛情靈魂。

「您期待什麼樣的愛情願景？想要解脫還是想要沈淪？」愛人2.0病毒依計畫的慢慢引誘他。

他懷疑這可能是詐騙集團的伎倆，但是如果是的話也未免太有創意。

於是他不由自主的選擇了「解脫」這個選項，他想，脫離這種不斷在得到與失去愛的人生也不壞，也許會寂寞，但是至少可以活得更自在，如果這不是一場騙局的話。

說也奇怪，當他按下「解脫」鈕的時候，他感覺有道光從他頭頂腦門就這樣穿了進來，一直通到他的心他的××，像一把劍刺了進來，然後貫通他全身的每一吋。

完全不會痛，但是他就是感覺到了。

從這一刻開始，他已經被「愛人2.0」病毒所征服，成為一個「解脫版」的愛人2.0。

他在中山國中站下了車，和在月台等他的愛人擁吻，但是在這愛情開始之前，他已做好完善的自我保護措施，隨時準備好面對再失去愛情的勇氣。此後的他，不會再對失去的愛情感到垂頭喪氣，只會充滿感激，因為在病毒的洗禮之後，他已經是個2.0版的愛人，宇宙超級無敵。

只是這一切的過程和變化，他根本不知道，就像此刻讀到這裡的你。

昆陽站的晚風

一直找不到對象的半頹廢男人，決定要結婚了。

整件事情聽來有些詭異。

那天他在下班後搭了地鐵走出昆陽站，一個神祕的黑衣女子忽然跑過來問他，是不是屬豬，三十六歲，他嚇了一跳，以為自己撞到鬼了，怎麼有人看臉就知道年齡？

天色有點暗，捷運站裡燈光又不怎麼優，他只隱約看到那女人在一片黑暗中微張的嘴唇，其他大半張臉都被那頂亮片卡車司機帽給蓋住了，只覺得是個臉蛋還算秀麗的女子，怎麼看也不像壞人。

不過他還是很警戒的不做任何反應，在台北，連小孩都知道滿城盡是詐騙集團，他先裝死再說。

「如果你屬豬，今年一定要結婚，錯過今年，就一輩子也結不了了。」她沒等到他開口，說了這句非常像恐怖分子的話。

他覺得這女人真的很莫名其妙，竟然這樣嚇他，應該是婚友社的花招吧，他想，就換他來嚇嚇她吧。

「好啊，我現在就向妳求婚，嫁給我吧，我不認識妳，但是我喜歡妳。」他把捷運站當成夜店，立馬開把。

那女人聽完之後怪怪的冷笑兩聲，好像他正確回答了密碼，只回了他一句：「說話要算話。」一轉身就不見人影。

半頹廢男人開始嚴重的懷疑自己真的見到鬼了。

沒再多想，他像往常一樣的走出昆陽站，陣陣晚風吹了過來，提醒他不用急著回家，那個簡陋的單身漢小套房裡沒有任何人在等他。

看著忠孝東路上的一片燈海，他內心一陣悲涼，三十六歲的男人，滿街都是意中人，就是沒有人中意，他真的好想找一個人陪他共度一生。

這時候，他下定決心一定要結婚，甚至，是剛剛那個有點鬼鬼的女人也好。

但是每天朝九晚五的他，根本沒有時間去找結婚對象。

他試著到那些婚友網站找機會，見了幾個人，也參加過幾次快速約會，假日時還在家人安排下相過幾次親。

折騰幾個月下來，他唯一得到的結論是自己沒辦法在這種情況下進入婚姻，因為不想把自己一生的幸福當成是交易，只要是被刻意安排的對象，條件再好他都不想要。

他於是開始懷念起那名曾經恐嚇過他的女鬼，或女人，至少，那是他活到這把年紀會懷念的女人。

他於是開始刻意在下班時在昆陽站流連一點時間，期待她的出現，卻每次都是一場空等，日子一天、兩天這樣下去，他覺得自己已經得了相思病，他好想她。

「您在找一位戴亮片卡車帽女孩是吧？」站外那位賣胡椒餅的老阿伯看了他好幾天，終於忍不住這樣問他。

「是啊，她在哪裡？快告訴我。」他像久旱逢甘霖似的只差沒去搖阿伯的肩膀。

「她託了一封信給我，說這幾天如果有個笨蛋老是在下班時出現找她，叫我就把信交給這人，我看了幾天，應該是你，她說，要跟你要五百元轉信費。」阿伯拿出一個粉紅信封交給他。

給，五百萬都給，他拿出五百元，買到了相思的解藥，打開信封，掉出女人的照片和一張小卡片。

卡片上寫著：「有看過這樣的相親嗎？如果嚇不走你，我們就來交往吧，我叫潔西卡，在廣告公司上班。」

他於是想起老媽在很久以前提到，她有位高中同學的女兒也在找對象的事，是剛從美國回來的高收入創意人，還說對方已經要了他的照片和相關資料，正在考慮要不要見他。

他拿起手機，依卡片裡的號碼打電話給她，他發現，在還沒和她正式交往前，他已經被這創意又恐怖的相親戲碼搞得情不自禁愛上她了。

國家圖書館預行編目資料

愛有點痛，有點廢 / 吳仁麟著. -- 初版.
-- 臺北市 : 寶瓶文化, 2009.05
面 ; 公分. -- (Island ; 108)

ISBN 978-986-6745-68-3(平裝)

855 98005899

Island108

愛有點痛，有點廢

作者／吳仁麟

發行人／張寶琴
社長兼總編輯／朱亞君
主編／張純玲
編輯／施怡年
外文主編／簡伊玲
美術主編／林慧雯
校對／施怡年・陳佩伶・余素維・吳仁麟
企劃副理／蘇靜玲
業務經理／盧金城
財務主任／歐素琪　業務助理／林裕翔
出版者／寶瓶文化事業有限公司
地址／台北市110信義區基隆路一段180號8樓
電話／(02)27463955　傳真／(02)27495072
郵政劃撥／19446403　寶瓶文化事業有限公司
印刷廠／海王印刷事業股份有限公司
總經銷／大和書報圖書股份有限公司　電話／(02)89902588
地址／台北縣五股工業區五工五路2號　傳真／(02)22997900
E-mail／aquarius@udngroup.com

法律顧問／理律法律事務所陳長文律師、蔣大中律師
如有破損或裝訂錯誤，請寄回本公司更換
著作完成日期／二〇〇九年
初版一刷日期／二〇〇九年五月
初版二刷日期／二〇〇九年五月十三日
ISBN／978-986-6745-68-3
定價／二六〇元

AQUARIUS 寶瓶 文化事業

愛書人卡

感謝您熱心的為我們填寫，
對您的意見，我們會認真的加以參考，
希望寶瓶文化推出的每一本書，都能得到您的肯定與永遠的支持。

系列：Island108　　書名：愛有點痛，有點廢

1. 姓名：＿＿＿＿＿＿＿＿　性別：□男　□女
2. 生日：＿＿＿年＿＿＿月＿＿＿日
3. 教育程度：□大學以上　□大學　□專科　□高中、高職　□高中職以下
4. 職業：＿＿＿＿＿＿＿＿
5. 聯絡地址：＿＿＿＿＿＿＿＿＿＿＿＿＿＿＿＿
   聯絡電話：＿＿＿＿＿＿＿＿　手機：＿＿＿＿＿＿＿＿
6. E-mail信箱：＿＿＿＿＿＿＿＿＿＿＿＿
   □同意　□不同意　免費獲得寶瓶文化叢書訊息
7. 購買日期：＿＿＿年＿＿＿月＿＿＿日
8. 您得知本書的管道：□報紙／雜誌　□電視／電台　□親友介紹　□逛書店　□網路　□傳單／海報　□廣告　□其他
9. 您在哪裡買到本書：□書店，店名＿＿＿＿＿＿　□劃撥　□現場活動　□贈書　□網路購書，網站名稱：＿＿＿＿＿＿　□其他＿＿＿＿＿＿
10. 對本書的建議：(請填代號　1. 滿意　2. 尚可　3. 再改進，請提供意見)
    內容：＿＿＿＿＿＿＿＿＿＿＿＿
    封面：＿＿＿＿＿＿＿＿＿＿＿＿
    編排：＿＿＿＿＿＿＿＿＿＿＿＿
    其他：＿＿＿＿＿＿＿＿＿＿＿＿
    綜合意見：＿＿＿＿＿＿＿＿＿＿＿＿＿＿＿＿
11. 希望我們未來出版哪一類的書籍：＿＿＿＿＿＿＿＿＿＿＿＿

讓文字與書寫的聲音大鳴大放

寶瓶文化事業有限公司

（請沿此虛線剪下）

寶瓶文化事業有限公司　收

110 台北市信義區基隆路一段 180 號 8 樓
8F,180 KEELUNG RD.,SEC.1,
TAIPEI.(110)TAIWAN R.O.C.

（請沿虛線對折後寄回，謝謝）